KB175071

에고, Ego!
詩 쓰기
프 로 젝 트

마 산 무 학 여 고   학 생 시 집

에고, Ego!
詩 쓰 기
프 로 젝 트

이강휘 엮음

자아를 찾는 시 쓰기 수업

시는 어려운 것이 아니다.
사람 사는 이야기를
그저 놀이삼아 쓰는 것이 시이다.
시를 무겁게 받아들이면 시는 더 달아난다.

이제 그만 시와 화해했으면 좋겠다.
시와 삶이 더 가까워지면 좋겠다.
가까워지고 더 가까워져서
시에 아이들의 삶이 묻어나면 좋겠다.
우리 아이들의 삶에
시가 들어와 앉으면 더욱 좋겠다.

〈에고, Ego! 시 쓰기 프로젝트〉란?

마산무학여고 2학년 학생 245명이 정서, 자아, 세계에 관한 총 19편의
시를 쓰고 개인 시집을 출간한 1인 1출판 프로젝트 수업

고등학생이 시집을 낸다고?

동아리 시간에 짬이 나서 학생들에게 시가 과연 필요한가를 질문한 적이 있습니다. 대부분의 학생들의 입에서 국어 교사의 질문이라는 것을 의식한 답변이 나왔지요.

시는 소중하니까요.
감수성을 길러주니까요.
이때 아니면 시를 언제 보겠어요.

그 다음 학생이 '함축적인 표현으로...'라고 시작하기에 솔직한 답변을 듣기는 글러먹었다는 생각에 대답을 끊고 시 무용론을 극단적으로 끌고 가는 발언을 해봤습니다.

"시는 예전의 지위를 잃어버린 듯하고 그 위상을 찾기가 어렵다. 시가 노래를 하기 위한 것이라면 대중가요에 그 자리를 뺏겼고, 하상욱을 시인으로 인정한다면 이야기가 다를 수 있겠으나 만약 그를 시인으로 인정하지 않는다면 시의 함축성은 하상욱을 필두로 한 재치 있는 짧은 글에 밀렸다. 그래서 나는 더 이상 시는 필요하지 않다고 생각한다."

말이 끝나자마자 공감의 끄덕임이 폭풍같이 지나갔지요. '아!' 하는 짧은 탄성도 스쳐갔습니다. 아무리그래도 단 한 명만이라도 어떻게 시를 가르치는 국어 선생님이 그런 말씀을 하시냐고, 그럼 우리는 뭐 때문에 시를 배우는 거냐고 반론할 거라 믿었던 내 기대는 산산이 부서졌지요. 우리 학생들에게 시의 위치는 대략 이 정도입니다.

국어교사라서 하는 말일 수도 있으나 시란 그렇게 의미 없는 것이 아니라 생각합니다. 얼마 전 용광로 작업 중 사고로 추락사한 젊은이에 대한 기사에 댓글 형식으로 달린 '그 쇳물 쓰지 마라'라는 시가 인터넷상에서 화제가 된 적이 있었습니다. 네티즌들은 그 댓글을 쓴 제페토라는 아이디를 쓰는 이에게 '댓글시인'이라는 명칭을 달아주기도 했지요. 이것은 서사가 전달할 수 있는 표현의 영역을 벗어난, 서정이라는 갈래가 가진 시만의 독특한 매력이 있다는 것을 입증해주는 사건이라 볼 수 있습니다.

시는 분명 고유의 가치와 매력이 있는 갈래입니다. 문제는 그걸 국어 교사만 안다는 것이지요. 어떻게 하면 시가 가진 매력을 학생들이 내면화할 수 있을까? 이 고민의 결론은 '아이들 개개인에게 각자의 시집을 만들어주자.'는 것이었습니다. 자신의 시가 담긴 시집을 보면서 흐뭇한 미소를 지으며 자연스럽게 시의 가치를 깨달을 수 있을 거라 믿었기 때문입니다.

이 수업을 하기 전에 먼저 했던 일이 있습니다. 아이들의 미흡한 시적 경험을 인정하는 것이지요. 교실에서 시집을 사 본 적이 있는지 물어보면 그 실태가 한 눈에 드러납니다. 사실 국어교사인 저의 경험 역시 크게 다르지 않습니다. 특별한 경우가 아니라면 직접 시집을 사서 즐기는 경우는 많지 않습니다. 청운을 품었던 학창시절은 모르겠으나 교직에 들어서는 순간 보는 건 고작 교과서나 문제집에 실린 작품에 한정되었습니다. 한정된 시를 반복해서 보다보니, 그것도 문제를 풀어 주기 위해서 보다보니 자연스럽게 시를 분석하는 능력만 기형적으로 발달하게 되었습니다. 이런 안목을 바탕으로 한 잣대로 아이들의 시를 보면 나오는 건 한숨이요, 하는 것은 포기이지요. 문제풀이를 위한 시를 보아 오던 아이들의 사정도 교사와 크게 다르지 않습니다. 이런 현실에서 이 수업을 포기하지 않기 위해서 아이들과 저 자신의 남루한 시적 경험을 인정하고 학생들의 시를 분석하지 않고 있는 그대로 받아들이기로 마음을 먹었습니다.

또 하나. 시를 쓰는 것은 쉬운 일일 수 있으나 좋은 시를 쓰는 것은 어려운 일이라는 것을 받아들이기로 했습니다.

'그렇지 않아도 경험이 부족한 학생들에게 갑자기 어려운 일을 시키면 잘 해낼 리가 없을 것이다. 보는 눈을 낮춰야 한다. 수학 교육이 수학자를 만들기 위함이 아니듯 시 쓰기 수업도 시인을 만들겠다는 게 아니지 않은가?'

이런 마음을 먹으니까 마음이 조금은 가벼워졌습니다. 좋은 시, 완성도 높은 시를 찾기보다는 학생의 마음이나 경험, 진지함이 묻어 있는 시를 쓸 수 있도록 안내하려고 노력했습니다. 되도록 시의 형식에 대한 지적을 자제하고 학생들에게 그들의 불만과 슬픔을 배설할 수 있는 기회, 그들의 생각을 나누는 기회를 주려고 했습니다. 시를 쓰는 행위를 통해 자신의 마음을 깊이 있게 들여다 볼 수 있는 계기를 만들어 주려고 했지요.

하지만 문제가 있습니다. 시 쓰기가 미숙한 아이들이 시만으로 아이들의 진심을 끌어낼 수 없습니다. 어설픈 비유나 무리한 생략과 비약으로 무슨 말을 하려는지 통 알 수 없는 시를 쓰곤 합니다. 시도 결국 소통을 위한 도구인데 그런 작품을 통해서는 소통이 불가능하지요. 다시 말해 시를 쓰다 자칫 자신만의 세계에만 갇혀 다른 사람과의 소통을 거부하거나 독자로부터 거부당하는 일이 일어날 수 있습니다. 이 한계를 극복할 수 있는 것이 바로 맥락이라 생각했습니다.

앞서 소개한 '그 쇳물 쓰지 마라'라는 기사에 달린 댓글시가 그렇게 인기를 얻게 된 이유는 신문기사, 혹은 사회적 이슈라는 맥락이 있었기 때문이라 생각합니다. 맥락을 통해 시의 내포적 의미를 충분히 이해할 수 있었기에 사람들은 그 시에 기꺼이 공감을 표한 것이겠지요. 사람의 마음속에는 시에 공감할 수 있는 정서적 영역이 분명히 존재합니다. 그리고 그 정서적 영역의 문을 여는 힘은 바로 시와 관련된 이야기, 즉 맥락이라 생각합니다.

따라서 학생들의 시에는 그와 관련된 짧은 이야기를 꼭 달게 했습니다. 시와 관련된 경험, 시를 쓰게 된 동기, 시를 쓰면서 느꼈던 감정 등 독자의 입장에서 시를 읽을 때 도움이 될 만한 이야기를 쓰게 했지요. 이야기는 작가와 독자 사이의 매개를 시켜 주는 중요한 요소임과 동시에 시의 소재나 주제를 설정하는 데 도움이 될 수 있는 장치로도 사용하기도 합니다.

1년 동안 아이들은 부지런히 시를 썼고 저는 부지런히 시를 읽었습니다. 시를 통해 아이들을 보았습니다. 시를 보기 전에는 '아이들'이라는 거대한 덩어리로 보이던 아이들이 시를 본 후에는 개별적인 아이들의 얼굴이 보입니다. 그런 의미에서 시를 통해 배운 게 더 많은 건 아이들보다 오히려 저일 수도 있겠습니다.

흔히 우리는 시가 가치를 잃어버린 세계에 살고 있다고 말합니다. 하지만 제페토의 시를 본 사람들의 반응이나 1년 동안 꼬박꼬박 시를 쓰고 그걸 돌려 읽으며 조잘거리는 아이들의 모습에서 볼 때, 사실 시의 가치는 그 자리를 지키고 있는 것으로 보입니다. 시의 가치는 시가 잃어버린 게 아니라 우리가 잊은 건 아닐까요.

아이들에게 시를 쓰게 하고 그것을 정성스레 읽어주는 것은 잊어버린 시의 가치를 상기시키는 일이라 생각합니다. 아이들이 조심스레 써내려간 시를 찬찬히 읽어보는 것만으로도 시의 가치를 온전히 느낄 수 있으리라 믿습니다. 제가 그랬던 것처럼 말이지요.

학생들이 쓴 어수룩한 시에 선뜻 출간 결정을 내려주시고 예쁘게 만들어주신 한국학술정보 식구 여러분들께 감사 인사를 드려야 할 것 같습니다. 1년간 못미더운 교사를 믿고 열심히 시를 써내려가 준 마산무학여자고등학교 2학년 학생들에게도 감사 인사를 해야겠지요. 고맙다, 애들아.

끝으로 못난 남편 기 살려주느라 늘 진을 빼고 있는 제 동반자와 먼 훗날 이 책을 읽고 이것저것 잔소리를 늘어놓을 딸 하린이. 사랑합니다.

마산무학여고 국어교사
이강휘

| 차례 |

엮은이의 말 · 4
들어가며 · 5

제1부 정서에 관한 시 쓰기

1교시 우정 · 12

2교시 사랑 · 24

3교시 이별 · 36

4교시 그리움 · 48

5교시 분노 · 60

6교시 나눔 · 72

제2부 자아에 관한 시 쓰기

1교시 과거 · 86

2교시 현재 · 98

3교시 미래 · 110

4교시 좌절 · 122

5교시 성장 · 134

제3부 세계에 관한 시 쓰기

1교시 학교 · 148

2교시 가정 · 160

3교시 자연 · 172

4교시 도시 · 184

제4부 장르에 넘나들며 시 쓰기

1교시 사진 보고 시 쓰기 · 198

2교시 그림 보고 시 쓰기 · 211

3교시 음악 듣고 시 쓰기 · 222

4교시 사진 찍고 시 쓰기 · 234

5교시 글 읽고 시 쓰기 · 245

나가며 · 251
부록_수업에 관한 Q&A · 252

제1부

정서에 관한
시 쓰기

- 1교시. 우정
- 2교시. 사랑
- 3교시. 이별
- 4교시. 그리움
- 5교시. 분노
- 6교시. 나눔

1교시. 우정

시 쓰기 첫 시간은 아이들의 접근이 가장 쉬울 거라는 판단으로 '우정'이라는 키워드를 제시했습니다. 10대 아이들의 삶에 가장 영향을 많이 주고받는 게 바로 친구니까요.

시를 쓰기 위한 글감을 찾는 일을 도와주기 위해서 몇 가지 질문을 던졌습니다.

1) 가장 친한 친구는 누구인가요? 얼굴도 떠올려 봅니다.
2) 그 친구는 어떤 특징이 있나요?
3) 그 친구의 목소리는 어떤가요? 어떤 느낌을 주나요?
4) 어떤 사건으로 친하게 됐나요?
5) 그 친구를 보면 어떤 생각이나 느낌이 드나요? 그 이유는 뭔가요?
6) 그 친구와 관련된 가장 기억에 남는 사건은 뭔가요?
7) 그 친구는 나의 삶에 어떤 영향을 미쳤나요?
8) 그 친구가 없었다면 어떻게 됐을까요?
9) 여러분이 생각하는 좋은 친구란 무엇인가요?
10) 여러분은 친구들에게 어떤 친구일까요?
11) 여러분은 친구들에게 어떤 친구이고 싶나요?
12) 학창 시절 친구는 왜 중요할까요?
13) 여러분이 생각하는 우정이란 무엇인가요?

질문에 답을 하면서 글감을 찾는 아이들도 있지만, 질문과 관련 없이 그때그때 번뜩이는 생각을 노트에 옮기기도 합니다.

저는 이런 식으로 진행했습니다. 수업을 시작하자마자,

"눈을 감으세요. 검은색 바탕으로 만듭니다. 아무 것도 없지요? 이제 거기에 친구의 얼굴을 그려봅시다. 눈도, 코도, 입도. 귀도 생각난다면 그려봅시다. 그리고 표정을 만들어봅시다.

이제 친구의 몸도 그려봅시다. 팔도, 다리도, 전체적인 윤곽을 그립니다. 옷도 넣어 봅시다. 친구의 앞모습, 그리고 뒷모습도 그려봅시다. 멀리 가는 친구의 뒷모습, 그리고 다가오는 모습을 그립니다.

친구의 색깔이나 향기를 떠올려 봐도 좋습니다.

자, 눈을 뜹니다. 지금 머릿속에 남아 있는 이미지를 가지고 시를 써볼까요?"

억양이 없는 말투로 이렇게 말하면 아이들이 마치 최면술사의 주문을 들은 사람처럼 시를 써내려가는 광경을 볼 수 있습니다.

시소

2학년 김미주

어스름해진 하늘에
가로등이 느리게 눈을 뜨고
그 아래서 시소가 움직인다.

모든 게 낯설다 적응하기 힘들어
누구에게도 못했던 말 나직이 털어놓으면
나 별 좋아하는 건 또 어찌 알고
말없이 웃으며 하늘로 올려준다.

너만 힘드냐 나도 힘들어
장난스레 대답하며 걱정 털어놓으면
이번엔 내가 하늘로 띄워준다.

메고 온 가방 잠시 내려두고
그렇게 서로에게 의지하며
어스름해진 하늘 위로 앞 다투어 떠오른다.

중학교 때 많은 친구들을 사귀었지만 그중에서도 가장 특별한 친구가 있었다. 그 친구와 놀 때만큼은 다른 친구들과 있을 때와는 다르게 내 모습을 숨기지 않아도 되었고, 긴장하지 않아도 되었다. 그렇게 중학교 3년을 이 친구와 지내다가 고등학생이 되면서 각자 다른 학교로 떨어지게 되었다.

아는 사람 하나 없는 새로운 환경에서 적응하기 힘들었던 나는 주말마다 친구와 만나며 위로를 받고자 했고 하루는 놀이터 시소에 앉아 해가 지고 어두워질 때까지 이야기를 나누었다. 가족한테도 못했던 말들을 털어놓으니 답답하던 속이 그나마 나아지는 것 같았다. 그러다 문득 이런 이야기를 할 사람은 얘밖에 없다는 생각이 들어서 그 친구의 존재감이 크게 느껴졌다. 이 친구와 함께한 많은 추억들이 있지만 '진정한 친구란 이런 거구나.'라는 것을 느낀 이 날이 아직까지 생생하게 머릿속에 남아있다.

선생님의 시 읽기

아무에게도 내어 놓지 못했던 말을 친구에게 조심스레 내어 놓는 장면을 멋들어지게 형상화했습니다. 저녁 어스름이 주는 분위기도 좋지만 무엇보다 서로의 무게로 상대를 올려주는 시소 같은 우정이 보는 이의 마음을 따뜻하게 합니다. Ego!

햇볕을 빌려

2학년 여나은

단잠에 빠진 너의 얼굴에
햇살을 한줌 걷어 뿌려주었더니
순간 한껏 찌푸려지는 너의 눈살.

나는 또 그 모습이 재미나서
햇살을 두 주먹 세 주먹 더 집어다
계속해서 너에게 뿌려주었지.

결국 참다못해 일어난 너는
투정을 부리면서도
전보다 훨씬 환해진 얼굴을 하고 있었어.

거봐. 이제 보기 좋잖아.
너의 얼굴에 그늘이 드리운 것 같아서
햇볕을 빌려다 쓴 것뿐이야.

친구 사이에서 사소한 감정싸움을 하고 나서 서로 어색해서 말도 제대로 못 건네고 있는 그런 상황일 때, 나 같은 경우는 우선 상황을 풀기 위해 실없는 장난을 살살 치곤 한다. 그러면 친구는 나의 황당한 장난 한 번에 기분을 풀고선 허탈한 웃음을 지어보이곤 한다.

나에게 우정이란 이런 것인 것 같다. 가늘고 길어 쉽게 엉키지만 또 그만큼 질겨 오래도록 볼 수 있는, 생각보다 엉킨 것이 쉽게 풀어져 사이가 더 돈독해질 수 있는 기반도 마련이 되는, 이런 우정이란 실타래 안에서 나와 내 친구들은 구르고 뛰어다니며 추억이란 흔적을 남긴다.

선생님의 시 읽기

햇살을 빌려다 친구 얼굴에 뿌리는 장난을 친다니. 저는 친구와 서로 욕하며 장난치기 바빴는데 말이죠. 이런 서정적인 장난이 또 있을까 싶습니다. 시인의 순수한 마음을 시를 통해 엿볼 수 있는 재미있는 시입니다. Ego!

여름나기

2학년 윤예진

바람은 여느 때와 다름없이 불어오던 날
햇님은 저편으로 내일을 기약했던 그 시간
풀어진 두 눈과 함께 꽉 모아 쥔 나의 두 손을 보고
너는 참 아프게 울었다.
귀가 새빨개진 너를 나는 잘 안다.
울지 않아도 눈물을 흘렸던 너를 나는 잘 안다.
울고 울고 또 울다 늘어뜨린 한숨사이로
닿지 못하는 걱정이 아른거린다.
괜찮아 다 괜찮아질 거야.
오늘보다 내일이 더 괜찮을 거야.

●●●

　　슬럼프로 너무 힘들었을 때, 여느 때와 다름이 없는 날임에도 불구하고 모든 게 다 원망스러웠다. 나를 제외한 온 우주가 평소와 다름없이 돌아간다는 사실이 서러웠다. 그날 친구는 그저 무더운 여름날 나의 다급했던 부름에도 한걸음에 달려와 내 이야기를 묵묵히 들어줬다.

　　그때 비로소 나는 '나도 우주 안에 속해 있는 사람이구나. 나도 천천히 미약하게나마 돌아가고 있구나.'라고 느꼈다. 세상에 다시는 더 없을 그 시간, 정말 한 시간 남짓했던 그 시간이 지금 돌아보면 참 감사하다.

선생님의 시 읽기

　　힘들어 하는 친구를 위해 겉으로 내색하지 않고 속으로만 '아프게' 울어주는 친구, 그리고 보이지 않아도 친구가 울어주고 있다는 사실을 알고 있는 친구. 둘 사이의 촉촉한 우정이 참 근사해 보입니다. Ego!

❀ 우정에 관한 시. 4

이야기

2학년 황정현

집으로 가는 길
오늘 하루를 정리하는 길

끝내 전하지 못하고 꼭꼭 숨겨둔 말
머릿속에 그린 잔인한 복수극
칭찬을 듣고 아무도 모르게 지은 웃음
부끄러워 감추어 둔 두근거림
겉으론 웃고 속으론 울었던 순간

나 혼자만의 이야기
어쩌다 한 번은 들려주고 싶은 이야기

한참을 생각하다 보면
어느새 떠오르는 한 사람
전화기를 들어 누른 익숙해진 번호
그렇게 너에게 전화를 건다.

집으로 가는 길
너와 함께 하루를 정리하는 길

나는 혼자서 생각이 많다. 털어 놓기에는 아주 무거운 또는 아주 부끄러운 그런 이야기들이 내 머리 속에는 많다. 아무나 붙잡고 들려주고 싶을 때도 있지만 A에게 얘기 하자니 크게 관심 없을 것 같고, B에게 얘기하자니 날 이상하게 생각할 것 같아 소심한 나는 늘 조심스럽다. 하지만 너에게는 막힘없이 다 털어 놓을 수 있다. 전화로 듣는 목소리만으로 날 기쁘게 하는 너는, 내 말들이 마음껏 쏟아져 나올 수 있게 하는 신기한 능력을 가진 너는 바로 나의 하나뿐인 친구다.

선생님의 시 읽기

일과를 마치고 집으로 돌아가는 길에 친구에게 전화를 걸려고 하는 순간을 포착하는 시인의 힘이 보이는 시입니다. 누구에게도 못한 이야기를 털어놓을 수 있는 친구를 향한 믿음이 고스란히 느껴집니다. '너와 함께 하루를 정리하는 길'이라는 시구가 참 좋습니다. Ego!

첫인상

2학년 백영난

처음 눈 마주친 날
인사를 하려고 했지만 도도해 보이는 인상 때문에
마주쳤던 눈을 좌우로 저으며 아니라고 했었지.
검은 안경에 올라간 눈꼬리
언뜻 보면 정색하고 있는 것처럼 보이는
쳐진 입꼬리

지금은 너의 얼굴만 봐도 웃음이 나는데
그 때는 왜 네 첫 인상만으로 지레 겁을 먹었을까?

．．．

중학교를 졸업하고 처음 고등학교를 입학하고 입학식을 마치고나서 각자 정해진 반으로 흩어졌다. 친한 친구와는 반이 떨어지고 어색하고 두근거리는 마음으로 두리번거리며 새 친구를 사귀려고 했다. 아이들을 구경하다가 떨리는 마음으로 한 아이에게 말을 걸려 했지만 모든 것이 낯설고 긴장도 돼서 말을 못 걸곤 했다. 이제는 둘도 없는 친구가 된 그 아이. 보기만 해도 웃음이 나는 내 친구에 대하여 전하고 싶었다.

선생님의 시 읽기

처음 사람을 대하는 일은 어려운 일이지요. 특히 입학한 날은 아이들이 긴장감으로 교실을 가득 메웁니다. 그런 중에 옆에 있는 아이의 인상이 무섭다면? 아, 생각도 하기 싫습니다. 고개를 숙여야겠지요. 이제는 친하게 지내는 친구에게 '너 처음 볼 때 진짜 무서웠어.'라며 첫인상을 털어놓으며 이야기를 시작하는 아이들이 상상됩니다. 설마, 싸우지는 않겠지요? Ego!

2교시. 사랑

두 번째 시간은 '사랑'에 대해 시를 써보기로 합니다. 처음 '사랑'이라는 말을 들으면 남녀 간의 사랑만을 떠올리지요. 물론 순진한 아이들에게 소재를 나눠줄 수 있을 만큼 풍부한 경험을 지닌 아이들도 있지만 대부분 아이들은 그렇지 않기에 사랑을 시로 표현해보라고 하면 상상력을 동원하느라 끙끙대며 어려워합니다. 질문을 통해 사랑을 조금 확장해주면 여러 곳에 흩뿌려져 있는 사랑의 소재거리를 찾아와 시에 얹습니다.

이번 시간에는 이런 질문들을 던져 봤습니다.

1) '사랑' 하면 누가 떠오르나요?
2) 애완동물을 키운 적이 있나요? 있다면 관련된 추억이 있나요?
3) 가족에 대한 사랑을 느낀 적은 언제였나요?
4) 남자 친구를 사귀어 본 적이 있나요? 언제 이 친구와 사귀어야겠다고 생각했나요?
5) 남자 친구를 사귀면 가장 하고 싶은 건 뭔가요? 그게 왜 하고 싶나요?
6) 첫 키스의 경험이 있나요? 언제, 어디서, 그때 감정은 어땠나요?
7) 첫사랑은 언제, 누구였나요? 상대의 어떤 모습에 반했나요? 그를 보는 마음이나 감정은 어땠나요?
8) 어릴 때 누가 키워주셨나요? 그때 사진을 보면 어떤 느낌이 드나요?
9) 사랑하는 사람과 가장 하고 싶은 일은 무엇인가요? 왜 그걸 하고 싶나요?

10) 상대가 어떤 행동을 할 때 사랑스럽다고 느끼나요?
11) 사랑하는 사람을 만나면 어떤 말을 해주고 싶나요?
12) 여러분이 생각하는 '사랑'을 한 문장으로 표현해 보세요.

　여학생들이다보니 아무래도 엄마에 대한 이야기를 가장 많이 선호합니다. 딸들에게 있어 엄마라는 존재의 소중함을 다시 깨닫는 순간이었습니다. 딸 가진 아빠 입장으로 조금 서운했습니다. 아빠는 외롭습니다.

심장이 쿵

2학년 조진영

걔가 보낸 카톡이 위에 뜨기만 해도
심장이 쿵 한다.
아직 보지도 않았는데

걔의 부재중이 떠있어도
심장이 쿵 한다.
그때 왜 못 받았지 하며

페북 넘기다 걔 소식을 봐도
심장이 쿵 한다.
진짜 별 것도 아닌데

친구들이랑 얘기하다 걔 얘기가 나와도
심장이 쿵 한다.
내 얘기도 아닌데 더 들떠서

심장이 쿵 이라는 말로는
설명을 다 할 수 없다.
뭔가 말로 표현할 수 없는 느낌
배꼽을 꾹 누르면 느껴지는
그 짜릿하고 아리아리한 느낌
딱 그 느낌

···

누군가를 좋아했던 적이 있으면 한 번씩은 느껴봤을 법한 것들이다. 뭘 해도 생각나고 생각만 해도 기분 좋아지는 그런 것들.

개인적으로 마지막 세 줄이 가장 애착이 간다. 설렘, 심쿵보다 배꼽 누른 느낌이 내가 당시 느낀 것과 제일 비슷하다. 내가 느낀 그대로를 전하고 싶었다. 정말 말로는 표현할 수가 없는 그런 느낌이다.

이 시를 쓰면서 예전 일이지만 뭔가 설레었다. 그에게 미련이 남았다거나 그가 그립다는 건 아니지만 그때의 좋았던 상황이 자꾸 떠오른다. 다 쓰고 나니 조금 쑥스럽긴 하다.

선생님의 시 읽기

'배꼽을 꾹 누르면 느껴지는/ 그 짜릿하고 아리아리한 느낌/ 딱 그 느낌' 야, 이건 사랑을 해본 사람만 할 수 있는 빛나는 표현입니다. 사랑하는 사람을 생각만 해도 가슴이 떨리는 마음을 이렇게 표현할 줄이야. 보자마자 어떤 느낌인지 알 수 있을 만큼 섬세한 표현이지요. 저도 오랜만에 첫사랑을 만난 듯한 설렘을 느꼈습니다. Ego!

심장아 나대지마

2학년 옥채민

같은 학원을 다니던 오빠
나보다 2살이 더 많다던 오빠
난 그 오빠를 좋아했다

강아지 같은 눈웃음
알맞게 탄 피부
크지도 작지도 않은 적당한 키
난 그 오빠가 좋았다

그 오빠를 보기 위해
하루에도 몇 번 씩이나
물을 마시러 갔다

한 번이라도 눈이 마주치면
당장이라도 몸을 뚫고 나올 것처럼
쿵쾅거리는 내 심장
심장아, 나대지마

    •••

　내가 중학교 2학년 때 같은 학원을 다니던 오빠를 좋아했었
다. 그 오빠를 보기 위해 일부러 물을 마시러 가고 한 번이라
도 더 눈을 마주치기 위해 화장실 가는 척을 했다. 이 시를 적
기 위해 그때를 떠올리니 그때의 감정이 생각이 나 또다시 설
레고 두근거린다.

　좋아하는 사람을 보거나 떠올리기만 해도 가슴이 두근거리
고 행복해지는 것 같다.

선생님의 시 읽기

　이놈의 학원이 문제입니다. 하라는 공부는 안 하고 거기서
연애질이나 하고 있고!

　그래도 시는 참 순수합니다. 짝사랑하는 오빠를 보기 위해서
쉬는 시간마다 물을 마시며 눈을 힐끗거렸을 화자의 모습이 눈
에 그려집니다. 마지막에 '심장아, 나대지마.'라는 말도 시의 순
수한 분위기와 어울려 듣기에 참 좋습니다. Ego!

사랑의 정의

2학년 조수아

사랑은 대체 뭘까

수업시간 배웠던 남녀상열지사
한국드라마 이퀄 러브라인
도덕책에서 봤을 법한 부모자식간의 사랑
가끔 TV에 나오는 공익광고협의회의 반려동물과의 사랑

누군가 묻는다
야, 사귀어 본 적 있냐?
아니 없는데
뭐야 지금까지 사랑도 안 해보고 뭐했냐?

글쎄, 모르겠다.

나는 18년 인생동안 나름대로
연예인도 사랑해보고
즐겨듣던 노래들도 사랑해보고
소설 속 주인공도 사랑해봤는데

사랑은 대체 뭘까

사랑[명사]
1.어떤 사람이나 존재를 몹시 아끼고 귀중히 여기는 마음

글쎄, 모르겠다.

•••

　나는 사랑을 죽을 때까지 정의를 내리지 못하는 것이라 생각한다. 그도 그렇게, 나의 18년 인생동안 남자라곤 할아버지, 외할아버지, 아빠, 오빠, 끝. 그래서 곰곰이 생각해 보았다. 과연 남자와 여자가 서로 호감이 생기고 고백하고 '오늘부터 1일' 하는 것이 사랑일까? 답은 모름이다. 아직 내가 사랑을 정의내리긴 힘들다. 이것도 사랑, 저것도 사랑, 온 세상은 사랑 천지인데 감히 내가 정의를 내릴 수 있나 싶기도 하다.

선생님의 시 읽기

　난데없는 사랑에 관한 시 쓰기에 곤란해 하며 머리를 싸맸을 시인의 모습이 생생하게 그려집니다. 궁금하긴 한데 전혀 감을 잡을 수 없는 어떤 것을 탐구하는 모습은 흡사 '진리는 무엇인가?'라는 질문에 대한 답을 찾는 철학자 같습니다. 중간에 국어사전의 내용을 인용한 것이 눈에 띄었습니다. 사랑의 의미를 국어사전에서 찾다니, 하며 웃음이 났습니다.

　뭐, 궁금할 때는 해 봐야지요. 근데 일단 지금은 공부하자, 수아야. Ego!

예쁜 말

2학년 김민정

어린이집을 다닐 때
엄마에게 편지를 쓰면 언제나
처음과 마지막을 장식했던 말이 있었다.

나의 기억 속에서는 지워진
그 말과, 그 편지들을
엄마는 집 어딘가에 보관해뒀다고 했다.

그렇게 시간이 흘렀고 대청소를 하던 날
우연히 그 편지를 발견하게 되었다.

엄마의 신난 목소리에도 쑥스러웠던 나는
그날 밤 모두가 잠들었을 때
그 편지를 몰래 펼쳐보았다.

특별하지는 않았다.

어린아이가 서툰 글씨로 쓴 세 줄짜리 편지에는
사랑한다는 말로 가득 차 있었을 뿐.

그땐 그 말이 내가 알고 있던 말들 중
가장 예쁜 말이었다.

어릴 때부터 지금까지 사랑한다는 말이 가장 예쁜 말이라고 생각하는 것에는 변함이 없다. 그저 지금은 어떤 방식으로든 그 말을 전하기 부끄럽고 어색하게 느껴져 어려울 뿐이다. 서툰 글씨의 편지를 읽으면서 내가 생각하고 있던 사랑이 틀렸다는 것을 알았다. 상대방이 나의 마음을 알아주기를 기다리는 것이 아니라 어떻게든 표현을 해서 나의 마음을 알리는 것, 그게 진짜 사랑이 아닐까?

선생님의 시 읽기

어렸을 때는 엄마에게 사랑한다는 말을 참 잘 하지요. 아이의 예쁜 입으로 나오는 그 예쁜 말이 그렇게 사랑스러울 수가 없습니다. 근데 점점 자라면서 부모에게 사랑한다는 말을 하는 방법을 잊어버립니다. 그러기에 부모는 애써 듣는 법을 잊으려 합니다. 부모님께 사랑한다는 말을 해본 적이 언제인지 모르겠습니다. 허나 이렇게 생각하고서도 그 말을 결코 입 밖으로 꺼내지 않을 거라는 건 압니다. 괜히 기분이 씁쓸해지네요. Ego!

막혔다

2학년 배지현

너무 아파
세면대에 게워냈는데
막혔다.

자고 일어났더니
손으로
다 퍼내신
우리 아빠

잘 안 아픈 내가 어느 날 되게 아팠었다. 약을 먹고 누워있었는데 올라오는 느낌이 나 화장실로 달려갔다. 너무 급해서 그만 세면대에다 먹은 것들을 다 토하고 말았다. 그리곤 정신이 없어서 그만 바로 잠이 들었다. 자고 일어났는데 아빠가 세면대 앞에 서서 직접 맨손으로 다 퍼내고 계신 걸 봤다. 아빠에 대한 존경심과 이건 사랑하지 않으면 할 수 있는 일이 아니었음을 느꼈다.

선생님의 시 읽기

평소에 건강했던 아이가 아프면 아빠들은 어찌할 바를 모릅니다. 준비가 안 되어 있기 때문입니다. 이 친구는 체육을 전공으로 생각하고 있으니 아주 튼튼한 딸이었겠지요. 그런데 세면대에 게워낼 정도로 아팠다니 아빠로서 얼마나 마음이 쓰였을까요. 짧은 시지만 딸을 걱정하는 아버지의 마음이 고스란히 담겨 있어 마음이 갑니다. Ego!

3교시. 이별

 세 번째 시간의 주제는 '이별'입니다. 우리는 살면서 많은 이별의 순간을 경험합니다. 그건 아이들도 마찬가지이지요. 아주 어릴 때 아끼는 인형을 잃어버리는 것도 이별이고 어린이집에 가기 위해서 엄마랑 이별하는 것도 이별입니다. 가깝게는 중학교를 졸업하면서 소중한 친구들과 이별하기도 했지요. 소중한 사람과 사별한 경험을 가슴에 품고 살아가는 아이도 있습니다.

 이번 시간에는 이런 질문들을 던져 봤습니다.

1) '이별' 하면 누가 떠오르나요?
2) 이별한 사람과 무슨 관계였나요?
3) 이별했던 사람과의 어떤 추억이 있나요?
4) 친구와 이별해 본 적이 있나요? 그때 친구의 표정은 어땠나요? 내 표정은 어땠을까요?
5) 졸업식 날 분위기는 어땠나요?
6) 졸업식 날 선생님의 목소리는 어땠나요?
7) 애완동물을 키운 적이 있나요? 그와 이별해 본 경험이 있나요? 그때 어떤 감정이 들었나요?
8) 어릴 적 좋아하던 장난감이 있었나요? 그걸 언제 버렸나요? 누가 버렸나요?
9) 아끼는 물건이 없어졌던 경험이 있나요? 어떤 마음이 들던가요?
10) 가장 최근에 겪은 이별은 무엇인가요?

11) 이별은 왜 아픈 걸까요?
12) 사람들은 왜 이별이 때론 성장의 계기라고 말하는 걸까요? 이 말에 대한 여러분의 생각은 어떤가요?
13) 여러분이 생각하는 '이별'을 한 문장으로 표현해 보세요.

이별은 아픔의 정서와 관련이 깊다고 생각하기 쉽습니다만 아픔이 아니라 그리움으로 형상화한 학생도 있고 성숙의 계기로 연결하여 쓴 아이들도 있었습니다. 수업시간에 아무리 설명해도 내면화하지 못했던 이별의 정서를 자신의 이야기로 풀어써내는 아이들이 대견합니다. 역시 문학은 자신의 삶과 만났을 때 비로소 가치를 발휘할 수 있는 듯합니다.

마지막 모습

2학년 여하은

중학교 졸업식 전날 밤
엄마가 갑자기 나보고
암 투병 중이신 외할머니를 뵈러
병원에 가자고 한다

병실에 들어가는 순간
살이 많이 빠지셔서
야위신 외할머니

엄마랑 이모가
내일 내 졸업식이라고 알려드리니
아프신 몸을 움직여
내 손에 졸업 축하한다는
말과 함께 용돈을 쥐어주신다

몇 시간 뒤
엄마와 나는 병실을 나선다
우리는 몰랐다
그 모습이 외할머니의
마지막 모습이었던 것을

외할머니께서는 내가 중학교 졸업식을 하는 도중에 돌아가셨다. 할머니께서 돌아가시기 전날 밤, 엄마가 나에게 '할머니 보러 병원에 같이 안 갈래?'라고 물어보셨다. 난 원래 움직이는 걸 귀찮아해서 어디 같이 가자고 할 때마다 잘 안 갔었는데 그날은 웬일인지 가고 싶어서 병원에 가 할머니를 뵀다.

그렇게 할머니께 갔다 오고 다음날 졸업식 하는 도중 엄마가 갑자기 나가더니 졸업식이 마칠 때까지 들어오시지 않았었다. 나는 그때 직감했었다. 할머니께서 돌아가셨구나.

사람은 살다 보면 많은 이별을 하게 된다. 많은 이별을 해왔어도 이별을 할 때면 항상 슬프다.

선생님의 시 읽기

외할머니가 돌아가신 날 밤의 이야기, 그리고 할머니의 죽음을 알게 된 것을 매우 덤덤하게 그렸습니다. 그래서 오히려 그 마음이 더 절절하게 느껴집니다. 할머니가 건네주신 용돈. 그것이 할머니가 주신 마지막 용돈이었다는 것을 알게 되었을 때 얼마나 슬펐을까요.

제 할머니께서 돌아가시기 전에 하신 말씀을 기억합니다. "조금 더 살고 싶다. 좋은 거 더 보고 죽고 싶다." 그곳에서 좋은 걸 보고 계실지 문득 궁금해집니다. Ego!

살 찐 이유

2학년 김다은(2)

집에 가는 길도 그대로
지나갈 때마다 들린 마트도 그대로
나눠먹은 쌍쌍바도 다 그대론데

니가 전학간 뒤론
집에 가는 길은 더 가까워지고
지나갈 때마다 마트에서 샀던
쌍쌍바도 나 혼자 다 먹어서
이렇게 살이 쪘나보다

이게 다 너 때문이다
다시 여기 와주라
나 살 좀 빼게

초등학교 때 정말 친했던 친구가 있었다. 그 친구는 등교부터 급식 시간, 청소 시간, 방과 후 수업 시간, 하교 그리고 학원까지 나의 하루의 반 이상을 함께 했던 친구였다. 그런데 그 친구가 집안 사정으로 전학을 가버리게 되었다. 그래서 그런지 이야기를 조금 더 나누려고 천천히 걸어서 길게만 느껴졌던 길이 가깝게 느껴지고 하교할 때마다 마트에 들려서 나눠 먹던 쌍쌍바의 양이 더 많아졌다. 그래서 전학 간 친구 때문에 살쪘다는 핑계로 보고 싶고 그리운 내 친구를 만났으면 하는 바람이 담겨져 있다.

선생님의 시 읽기

저의 중학교는 우리 집에서 불과 5분 거리였습니다. 그런데 친구랑 함께 하교하는 길이면 아쉬운 마음에 아파트 주위를 빙빙 돌아가곤 했지요. 이 시에서도 조금이라도 친구랑 가까이 있고 싶은 마음이 잘 드러납니다. 쌍쌍바가 이렇게 찡한 마음을 자아낼 줄은 생각지 못했습니다. 쌍쌍바를 볼 때마다 이 시가 생각나겠네요.

그나저나 다행입니다. 핑계인 걸 알아서. Ego!

졸업가

2학년 김해빈

단 한 시간의 졸업식을 위해
입술이 부르틀 정도로
며칠을 졸업가만 연습했는데

결국 당일
플루트를 입에 대지조차 못했다.

이 노래만 끝나면 모든 게 끝이라는 걸 알아서
플루트를 입에 대지조차 않았다.

모든 사람들이 바라보던 졸업식의 끝을
나 혼자만 억지로 붙잡고 있었다.

중학교에서 플루트라는 악기를 다룰 수 있어 학교 오케스트라로 활동했다. 악기를 많은 사람들 앞에서 연주할 때 나 자신이 너무 자랑스럽고 뿌듯했는데, 졸업식 날은 악기를 연주하는게 너무 싫었다. 나의 플루트 소리에 맞춰 내 친구들이 노래를 부르고 나면 졸업식이 끝난다는 게 너무 싫어서 나 혼자 플루트를 부르지 않고 펑펑 울었었다. 한 번씩 그때가 생각나면 괜히 마음이 찡하고 아린다.

선생님의 시 읽기

　　졸업식은 참 설레지만 한편으로는 슬프지요. 새로운 시작을 위한 행사이지만 어쨌든 이별을 전제하고 있으니까요. 평소에 자랑스럽게 생각했던 연주 실력이 싫어질 정도라니 얼마나 아쉬웠을까요. 졸업식의 끝을 플루트를 불지 않음으로써 붙잡고 싶어했다는 근사한 표현을 보니 이별의 안타까움이 한층 더 절실하게 다가옵니다. Ego!

빈 액자

2학년 한지은

새해를 맞아
할아버지를 뵈러갔다

납골당 한 구석
차가운 벽 위에 쓰인 이름아래
빈 액자만 덩그러니 있다

할아버지 얼굴이 기억나지 않아서
사진을 보고 싶었는데
내 기억도 액자도 비었다

지우개로 지우듯이
점점 지워져간다

아, 무섭다.

···

　작년 초에, 납골당에 돌아가신 할아버지를 뵈러갔는데, 할아버지 자리에 액자가 비었기에 왜 그런가 싶었더니, 좀 더 큰 사진으로 바꾼다고 했다. 그 빈 액자를 가만히 보고 서있는데, 할아버지 얼굴이 잘 기억나지 않는다는 걸 깨닫고 나도 모르게 눈물이 났다. 그렇게 좋아하던 할아버지였는데, 내가 잊어가고 있다는 게 너무 무서웠다.

선생님의 시 읽기

　누군가에게 잊히는 것은 참 슬픈 일이지요. 그러나 그것이 삶의 순리가 아닐까요? 잊히고 새로운 기억이 다시 그 자리를 메우고. 허나 누군가가 머물렀던 자리는 흔적을 남기기 마련이지요. 할아버지의 얼굴이 떠오르지 않는다고 해도 할아버지라는 존재와의 추억이 가슴 속에 남아 있듯이. Ego!

이별

2학년 김은지(4)

어쩐지 조용하더라.
아침부터 조용했는데
저녁에야 알아봤구나.
산책을 좋아해서
날이 풀리면 나가보려 했는데
괜히 미루기만 한 것 같다.
어릴 땐 많이 울었는데
어느 순간 잘 울지도 않더니
조용히 이별하려 준비한 거였구나.
바스락 바스락 톱밥 소리
있을 땐 몰랐는데
없으니까 너무 조용하다.

늘 있는 듯 없는 듯 조용하게 지내던 우리 집 기니피그가 어느 날 죽었다. 그날도 역시 조용해서 저녁에야 죽었다는 사실을 알게 되었다. 그리고 그제야 왜 더 자주 관심을 주지 않았는지 후회했다. 작고 조용했던 기니피그라서 그 다음 날도 우리 집엔 그다지 큰 변화가 보이지 않았지만, 마음속에선 커다란 공허함이 느껴졌던 기억이 있다.

선생님의 시 읽기

'든 자리 몰라도 난 자리 안다'라는 말이 있지요. 있을 때는 몰랐다가 막상 없어지고 나면 그 자리가 허전해진다는 말입니다. 이별을 하면 항상 못해준 게 아쉬운 법이지요. 그래서 '있을 때 잘해'라는 노래도 있나 봅니다. 근데 그게 쉬우면 노래로 나왔겠어요? 다들 그걸 못하니까 유행가가 된 거겠지요. Ego!

4교시. 그리움

　네 번째 시간에는 '그리움'을 형상화하는 시간을 가져봤습니다. 앞의 주제였던 이별과 비슷한 내용으로 써낼까 걱정했는데 17년 세월을 살아오면서 그리움을 느낄 것이 어디 한두 가지 겠냐는 듯이 써내려가 준 아이들이 대견하고 고마웠습니다.

　이번 시간에는 이런 질문들을 던져 봤습니다.

1) '그리움'은 언제 생기는 감정이라고 생각하나요?
2) 누군가가 그리웠던 경험이 있나요? 그게 언제였나요? 어떤 상황이었나요?
3) 어릴 적 살았던 동네에 최근에 다시 가본 적이 있나요? 어떤 느낌이 들던가요?
4) 어릴 적 살았던 동네는 여러분의 기억 속에 어떤 모습으로 남아있나요?
5) 부모님의 고향을 알고 있나요? 어디라고 하시던가요?
6) 부모님이 고향에 대해서 말씀하실 때 어떤 표정이던가요?
7) 어릴 때 가장 기억에 남는 좋은 추억은 무엇인가요?
8) 무엇을 볼 때 어릴 때로 돌아가고 싶다는 생각이 드나요? 왜 그런가요?
9) 사람들은 보통 언제를 그리워할까요? 왜 그리워할까요?
10) 사람들은 보통 무엇을 그리워할까요? 왜 그걸(혹은 그 사람을) 그리워할까요?
11) 그리움은 아픈 걸까요? 왜 그렇게 생각하나요?
12) 여러분이 생각하는 '그리움'을 한 문장으로 표현해 보세요.

질문의 내용을 보면 알 수 있지만 사실 애초에 수업을 설계할 때는 아이들로부터 사람에 대한 기억보다는 장소에 대한 기억을 끄집어내게 하고 싶었습니다. 공간이라는 것은 사람의 삶과 밀접한 관계를 맺게 될 수밖에 없으니까요. 누구나 추억을 담고 있는 장소 하나쯤을 가지고 있는 것은 공간과 인간의 밀접한 관계성을 그대로 보여주는 근거가 됩니다.

　물론 그런 저의 의도를 과감하게 쳐내버린 작품이 더 많았지만. 뭐, 어떻습니까? 아이들이 그리움이라는 감정을 자기에게 끌어오는 걸 지켜보는 것만으로도 충분히 재미있는 구경거리가 됩니다.

가방의 다이어트

2학년 최은영

예전엔
만화책, 과자
온갖 게임기가 들어 있던
빼빼마른 내 몸속에

어느새
무겁기만 한 문제집,
자습서, 그리고 시험지가
가득 들어있어 체중계에 올라가기 싫다.

내 몸무게를, 예전으로 돌릴 순 없을까

중학교 때 내 가방은 진짜 가볍고, 먹을 것도 많던 가방이었다. 그러나 현재 내 가방은 너무 무거워졌다. 내 가방에 들어있는 수학책만 무려 6권이다. 가끔은 너무 무거워서 이게 진짜 내 가방이 맞나? 하고 생각하게 된다. 버리고 가고 싶을 때도 많다. 사실 제일 힘든 건 가방일 것이다. 나는 메고 가는 것이지만, 가방은 자기 몸속에 무거운 걸 넣고 끊어지지 않게 주의해야 할 테니 말이다. 그런 걸 생각 해 보면, 가방이 가장 그립고, 돌아가고 싶은 시절은 그때가 아닐까 싶다. 물론 나 역시. 여러 의미로 가장 돌아가고 싶은 시절이다.

선생님의 시 읽기

고등학교 때 그 무겁던 가방이 생각납니다. 중학교 때와 달리 교실에 버젓이 사물함이 있었는데도 왜 그렇게 가방이 무거웠을까요? 가방에 있는 책을 다 볼 것도 아닌데 굳이 집에 바리바리 싸들고 갔던 기억이 있습니다. 일종의 부적 같은 거죠. 가지고 있으면 안심되는.

그리움이라는 정서를 이런 식으로 풀어낼 줄은 상상도 못했습니다. 어쩌면 제가 너무 틀에 박힌 사고를 하고 있었는지도 모르지요. 낯설게 하기의 표본을 본 느낌입니다.

근데 은영아, 너 진짜 중학교 때 공부 안 했구나? Ego!

습관

2학년 손가영

습관이 하나있었다

먼저 엘리베이터 탄 사람이
서로의 층수를 누르는 거

이사를 갔다
습관을 고쳐야한다

우리 집 층수만 누르는 거

고치기 너무 힘든데
넌 알고 있을까

초등학교 입학하기 전에 지금 사는 이 아파트에 이사를 왔다. 우리 집은 10층이었는데 나보다 2층 위에 사는 지민이라는 친구가 있었다. 초등학교 중학교도 같이 다니고 집 앞 영어학원, 수학학원도 같이 다니면서 가장 친한 친구가 누구냐고 물어보면 이 친구라고 말할 수 있는 11년 친구였다. 근데 이 친구가 저번 주에 이사를 갔다. 우린 항상 엘리베이터를 먼저 탄 사람이 서로의 층수를 같이 눌러줬다. 근데 이제 그 친구가 없어서 우리 집층 버튼만 누르는데 그게 너무 어색하고 이상하다.

선생님의 시 읽기

엘리베이터의 버튼을 누르는 작은 행동으로 친구에 대한 그리움을 잘 드러냈습니다. 버튼을 누를 때마다 친구를 생각하는 마음이 고스란히 느껴집니다.

엘리베이터가 올라가는 과정은 빠르고 결과는 정확하다는 측면에서 현대사회의 가치관을 반영한 상징물이라 하지요. 하지만 삭막한 엘리베이터라는 공간도 어떤 추억이 배어 있느냐에 따라 그리움을 환기시키는 공간으로 탈바꿈합니다. 사랑의 힘이 공간의 가치를 바꾸는 순간입니다. Ego!

눈 내리던 날

2학년 김연주

눈 내리던 날
친구와 손잡고 밖에 나가
뽀득뽀득 눈 밟고
입김 불고
눈 던지고
눈사람을 만들었다.

겨울로 바뀔 때마다
눈이 쌓이길 바란다.
그렇게 우린 밖으로 나와
어릴 때 놀던 그곳을
다시 찾을 것이다.

날이 따뜻하면 뭐해,
벚꽃 말고 눈송이도 펴야한다.
우린 다시 그렇게 못 놀 것만 같다.
갈수록 추억만 녹는다.

몇 년 전에 눈이 엄청 많이 쌓인 날에 친구 집 아파트에 가서 몇 시간 동안 재밌게 놀던 날이 있었는데 그 이후로 눈이 쌓이는 꼴을 본 적이 없다. 그래서 기억을 되살려 봐도 몇 시간 놀던 추억이 1분만에 다 그려진다. 올해 눈이 많이 오게 된다면 초등학생 때 기억이 다시 나서 좋을 것 같다.

몇 년 전부터 지금까지 친구랑 그 때 이야기를 아주 가끔 얘기할 때가 있다. 서로 '그때 참 좋았는데...' 하며 그때를 떠올리며 그때처럼 눈이 오지 않는 걸 함께 아쉬워하곤 한다.

선생님의 시 읽기

아래지방이 대개 그렇지만 마산 지역은 유난히 눈이 안 오는 걸로 유명하지요. 겨울에 눈이 쌓이는 건 고사하고 눈 구경하기조차 힘듭니다. 개인적으로는 군대에서 워낙 쌓인 눈에 치이다보니 꼴도 보기 싫지만 저도 어릴 때에는 눈이 쌓이면 재미있겠다는 막연한 상상을 하곤 했었지요.

마지막에 '갈수록 추억만 녹는다.'라는 표현이 참 좋습니다. 이 시를 보니 교통체증과 불편은 감수하고서라도 시간이 좀 더 지나기 전에 한 번쯤은 쌓인 눈을 구경하는 것도 나쁠 것 같지는 않다는 생각이 듭니다. Ego!

아빠가 부러운 이유

2학년 박채린

아빤 좋겠다
거울 속에 항상 아빠가 있어서
갑자기 보고 싶어지면
슬쩍 들여다보기만 해도 되잖아

나는 그 얼굴 한 번 보는 게
이렇게나 힘든데
아빤 참 좋겠다

···

내가 아주 어렸을 때부터 부모님은 맞벌이를 하셨다. 밥 먹을 시간쯤 되면 항상 퇴근하시는 엄마와는 달리 아빠는 내가 잘 시간이 다 돼서야 겨우겨우 집에 오셨다. 또, 평일은 물론이고 일이 많을 땐 주말에도 회사에 나가시는 일이 허다했다. 항상 출근하시기 전에 거울을 보고 용모를 단정히 하시는 아빠를 볼 때면 막연히 아빠가 부러워졌다. 나는 아빠를 보려면 꾸벅꾸벅 몰려드는 잠을 이겨내 몇 시간을 더 기다려야만 하는데 아빠는 그저 거울 한 번만 쓱 스쳐도 자신의 모습을 볼 수 있다는 점이 어린 나는 너무 부러웠다.

선생님의 시 읽기

아직 꼬맹이인 우리 딸은 평일에는 할머니 곁에서 지냅니다. 아내와 제가 일하는 지역이 멀리 떨어져 있다 보니 주말에만 만납니다. 금요일 일을 마치고 저녁 즈음에 문을 열고 들어가면 "아빠~~" 하고 소리 지르며 달려드는 모습이 너무 예쁘고 한편으로는 미안합니다.

아빠를 그리워하는 딸을 두고 일터로 나가야 하는 아빠의 심정은 어땠을까 생각해봅니다. 입 안이 알싸한 느낌이 듭니다. 오늘은 금요일입니다. 이번 주말에는 함께 야구를 보러가야겠습니다. 우리 딸이 좋아하는 아이스크림을 사들고 말이죠. Ego!

그림자

2학년 안수진

그렇게 지겹도록 만난 우리들
이제는 그 지겨움이 그리워
그 지겨움을 졸졸 따라가도
모습은 보여주지 않은 채
나에게 흐릿한 그림자만
보여주는 너희들

어떤 말도 어떤 표정도
하지 않은 채
나에게 흐릿한 그림자만
보여주는 너희들

언제면 다시 흐릿한 그림자 속에서
너희들을 다시 볼 수 있을까
너희는 내가 따라가고 있다는 것을
알기는 할까

항상 만나던 친구들이 SNS로만 나에게 잘 살고 있다고 알려준다. 예전에는 지겹도록 붙어있어서 항상 보던 얼굴들, 말투들이 잊으려고 해도 잊지 못했지만 이제는 기억하고 싶어도 기억조차 하지 못하게 되었다. 그렇게 조용히 어떠한 표정도 말도 하지 않고 나에게 생사만 알리는 친구들이 그림자 같아서 밉다.

선생님의 시 읽기

처음에는 무슨 말인지 알아들을 수 없어 곰곰이 생각해봤습니다. 그러다 이야기 속에 SNS를 보고 정신이 번쩍 들었지요. '아! 그 그림자!' 하고 말이지요. 비로소 페이스북에 사진이 비어있는 프로필을 떠올렸습니다. '팔로우'를 '따라가고 있다.'라고 표현한 것도 이해가 되니 참 재미있는 표현이다 싶습니다.

현재를 충실히 살다보면 예전 지인들을 등한시하게 되지요. 사람 챙기는 걸 잘 못하는 저도 많이 겪어본 일입니다. 마음은 있는데 잘 안 되네요. 역시 사람이 변하는 건 힘든 일이라는 걸 새삼 느낍니다. Ego!

5교시. 분노

다섯 번째 시간에는 분노의 마음을 표현해보는 시간을 가졌습니다. 사람은 누구나 분노할 때가 있지요. 그러나 아이들은 그걸 해소할 수 있는 기회가 적기 때문에 때로는 매우 극단적인 방식으로 표출되곤 합니다. 분노에 대한 시 쓰기는 살아가는 과정에서 분노는 매우 정상적인 감정이라는 것을 이해하고 분노를 직시하고 배설할 수 있는 기회를 제공합니다.

이번 시간에는 이런 질문들을 던져 봤습니다.

1) 여러분은 주로 어떨 때 화가 나나요?
2) 화가 나면 어떤 표정을 짓나요?
3) 화가 나면 어떤 행동을 하나요?
4) 최근 가장 크게 화가 났던 경험은 무엇인가요?
5) 부모님이 어떻게 할 때 화가 나나요?
6) 화를 참아야 하는 상황이 있었나요? 어떤 상황이었나요?
7) 화를 참기 위해 어떤 방법을 쓰나요?
8) 보기만 해도 화가 나는 사물이나 사람이 있나요?
9) 내가 화를 내면 상대방의 심정은 어떨까요?
10) 화를 내는 상대를 보면 어떤 생각이 드나요? 왜 그런 생각이 드나요?
11) 정당화될 수 있는 '분노'는 어떤 상황에서 느끼는 '분노'일까요?

분노의 마음을 솔직하게 이야기하면서 화를 풀어보라고 했더니 진짜 욕을(!) 쓰는 아이들도 있었습니다. 불러서 차분하게 이야기해줬습니다.

"네가 지금 화가 난다고 욕을 쓰면 나중에 나이 먹고 이 시를 보면 되게 부끄럽다? 그러니까 그걸 고려해서 조금은 우회적으로 써보자."

이랬더니 조금 차분해진 시가 돌아오더군요. 분노를 표출하는 방법이 미숙한 아이들은 맥락이 없이 바로 비속어를 씁니다. 적재적소에서 사용되는 비속어는 재미를 주지만 맥락이 없는 비속어는 인상을 찌푸리게 만들지요. 그걸 좀 강조했더니 재미있고 솔직한 이야기들이 쏟아져 나왔습니다. 한국문학의 전통이라는 '웃음으로 눈물 닦기'의 현대적 계승의 결과를 목격했습니다.

두 번째 등교

2학년 박시연

드콘 티켓팅을 했다
폰이 잘된다고 해서 폰으로 했다
대기번호가 100번대였다
'이건 100% 성공하고도 좋은 자리를 잡겠구나'라는 생각을 했다

근데
폰이
꺼졌다
내
인생도
꺼졌다

다시 켜진 폰에 남은 건
대회 준비해야 하니 학교에 오라는 메시지
그 시각 저녁 9시
난 그렇게 삶의 희망을 잃어버린 채 두 번째 등교를 했다

올해 드콘(드림콘서트)에도 비투비가 나온댔다. 솔직히 이건 비투비 팬 아니면 모른다. 드콘에서의 그 돈독함. 상상만 해도 미소가 지어진다. 하지만 재작년, 작년 드콘 모두 못 갔다. 그래서 이번엔 기필코 꼭 가리라 다짐하고 티켓팅 1시간 전부터 대기를 하고 있었다. 멜론 티켓팅은 폰이 잘된다고 해서 폰으로 하려고 했다. 왠지 느낌이 좋았다. 성공할 것만 같았다. 드디어 8시다. 떨리는 손으로 빨리 예매하기를 눌렀다. 대기번호 100번대. 미쳤다. 이건 뭐 완전 앞에서 보란 소리다. 대기번호 7... 2.... 1..... 심장이 미칠 듯이 뛴다. '이제 나도 드콘을 가보는구나'라는 생각을 할 무렵 폰이 꺼졌다. 와!씨! 아직도 너무 화가 난다. 다시 폰을 켜고 예매하기를 눌렀다. 대기번호 7000번대. 폰 던질 뻔 했다. 진짜 너무 화가 나서 가라앉힐 겸 <괜찮아요>를 들었다. 괜찮긴 개뿔, 더 화가 났다. 그 때 마침 전화가 왔다. 대회준비 해야 하니까 학교 오라고. 일단 남은 스트레스는 나중에 받기로 하고 학교에 갔다. 애들 집 갈 때 난 2번째 등교를 했다. 그 때의 기분은 말로 절대 표현 못한다.

선생님의 시 읽기

이 친구는 우리 반입니다. 학기 초 덕질을 위해서 한 학기에 1번씩 2번만 야간 자기주도학습을 빼주면 1년간 죽어라 공부만 하겠다고 약속을 했습니다. 알겠다고 했습니다. 이 날은 그 첫 번째 날이었지요. 그리고 그 소중한 기회를 멋지게 걷어차 버리고 돌아온 날입니다.

그날, 다시 돌아온 아이의 축 처진 어깨가 생각나는 밤입니다. Ego!

오지랖

2학년 김다은(1)

신나게 야구를 보고 있는데
뒤에 남자 4명이서 그런다.
우리가 춤춰서 받은 치킨
자기들이 더 잘 출 수 있는데
롯데 이대호가 홈런 쳤다고
욕이란 욕은 다하고
김성욱 잘생겼다 소리 지르니
역시 여고생이라며 혀를 찬다.

그럼 너네가 춤추든가.
너네가 홈런 치든가.
너네가 잘생겨보든가.

동아리를 마치고 우리 반 아이들끼리 야구를 보러가서 OO 치킨 이벤트 때 춤춰서 치킨을 받았다. 그런데 뒤에서 '아, 우리가 더 잘 출 수 있는데, 저 치킨 받을 수 있는데.' 이런다. 이대호가 홈런을 쳐서 사람들 전부 절망하고 있을 때 듣기 거북한 욕이란 욕을 소리쳐대고, 우리가 김성욱 잘생겼다고 하니 뒤에서 우리 들으란 듯이 혀를 차며 '역시 여고생들 잘생긴 사람만 좋아한다.'라고 한다.

들는 내내 어이가 없고 한심했다. 어른이라는 사람들이. 쯧쯧.

선생님의 시 읽기

야구장 가면 꼭 그런 아저씨들 있지요. 좋지 않은 관람 매너로 눈살을 찌푸리게 합니다. 아, 저도 예전에는 그런 것도 같습니다. 소리치고, 욕하고, 그때는 다들 그렇게 야구를 봤었지요. 그래도 불타는 쓰레기통을 그라운드에 던졌던 세대는 아닙니다. 게다가 지금은 매우 젠틀하게 야구를 봅니다. 아주 젠틀하지요.

'너네가 잘생겨보든가.'에서 웃음이 터졌습니다. 너희들이 잘생긴 사람 좋아한다는 건 인정하는 거다잉. Ego!

앞구르기

2학년 박경아

밥 먹고 나오는 길
계단에서 한바탕 앞구르기
앞을 보면서 잘 가고 있었는데
계단이 있는 줄도 알았는데
누가 밀지도 않았는데
왜 내 몸은 구르는 걸까

아씨... 눈물 난다.

밥을 먹고 짧은 계단을 내려오고 있었는데 갑자기 몸이 앞으로 가면서 앞구르기를 했다. 넘어지고 바로 친구가 보건실로 나를 데리고 갔는데 아프지 않고 창피했다. 보건실 가면서 진짜 내가 왜 넘어졌는지 모르겠고 그냥 넘어진 나를 때리고 싶었다. 가면서 창피하고 나한테 화가 나서 눈물이 났는데 주변 사람들은 내가 아파서 아픈 줄 알고 괜찮냐고 위로했는데 그게 더 창피했다. 지금 생각해도 넘어지기 전으로 돌아가고 싶다.

선생님의 시 읽기

저희 학교에는 계단이 참 많은 편입니다. 그래서 그런지 넘어져서 다치는 아이들도 많습니다. 그런 아이들을 볼 때마다 '아직 걸음마도 제대로 못 뗀 놈들에게 시는 무슨...' 하고 농담을 하지요. 가끔씩 넘어지는 속도보다 더 빠르게 일어나는 아이들도 봅니다. 아무렇지 않게 걸어가기까지 하지요. 놀랍습니다. 부끄러움은 고통을 이기지요.

'아씨...' 하는 부분은 정말 공감이 됩니다. 넘어지면 진짜 그런 감탄사를 내뱉잖아요?(그 이상의 말은 상상하지 맙시다.) 그 말 한 마디에 부끄러움과 고통이 고스란히 느껴집니다. Ego!

❦ 분노에 관한 시. 4

조창현(feat.산부인과 의사선생님)

2학년 조지현

매일 아침 일어나면
그 시간에 아침을 먹고 있다.
매일 저녁 집에 오면
공부하고 있다.
TV를 보려 하면
기숙사 자습실에서 공부한다.
그래서 그런지
엄만 항상 나만 뭐라 한다.
걔가 피씨방가고 농구장 가는 건 쉬는 거고
내가 TV보는 건 농땡이 피우는 건가.
왜 항상 나만 니한테 맞춰야하는데
공부 잘 하는 게 참 재수다.
1분 오빠라고 부려먹는 것도 참 재수다.

산부인과 의사선생님!
왜 저를 먼저 안 꺼내서...
이렇게 힘들게 해요?

평소 생활에서 가장 많이 느끼는 분노는 항상 가족 같은 나와 가장 가까운 존재에게 일어나곤 한다. 그래서 형제나 자매, 남매들이 더 많이 싸우는 것을 보면 이건 나만의 이야기는 아닐 것이다. 그런데 나는 좀 다르다. 나이차이가 좀 나는 남매들은 그나마 낫다. 나처럼 1분 단위, 분단위로 나이 차이가 나는 경우는 사태가 좀 심각하다. 성별도 다르고 심지어 성적도 나보다 더 좋아서 부모님한테 차별 당한다. 이건 경험해보지 않으면 모를, 정말 엄청난 분노를 일으킨다.

선생님의 시 읽기

이 친구는 쌍둥이입니다. 당연하지만(저희 학교는 여고니까!) 쌍둥이 오빠는 다른 학교에 다니고 있지요. 여러모로 비교가 많이 되어 부모님한테도 차별을 받는다고 합니다. 잘 모르긴 몰라도 꽤나 힘드나봅니다. 산부인과 의사 선생님께 분노를 표출하는 걸 보면.

모든 아이들을 똑같이 대한다는 것이 말처럼 쉽지 않습니다. 그건 부모의 입장에서도 마찬가지인 듯합니다. 그러나 아이들에 대해 가진 사랑의 양만큼은 똑같을 거라 믿습니다. Ego!

성적

2학년 김려흔

니가
떨어지면 떨어질수록
내 분노는 올라온다

니가 적힌
종이를 보면 볼수록
내 분노는 치밀어 오른다

니가 뭐라고
종이 한 장이 뭐라고

일 년에 4번 밖에
널 보지 못하는데
왜 항상 달갑지 않을까

내 분노가 섭씨라면
언제쯤 영하로 떨어질까

●●●

1년에 4번 시험을 치고 성적표를 받는다. 성적표를 4번밖에 받지 않지만 항상 받을 때마다 설레기보단 두렵고 긴장된다. 성적표를 받은 후에는 항상 반성하고 후회하고 다짐하지만 바뀌진 않고 그게 반복되는 것 같다. 내가 이 시를 매일매일 읽으며 반성하고 열심히 공부했으면 좋겠다. 이번에는 성적표를 보고 분노하지 않기를. 제발!

선생님의 시 읽기

대한민국의 모든 학생이 성적표를 받고 기쁠 수만 있다면 참 좋을 텐데 말이죠. 이상과 현실의 극명한 차이를 보여주는 순간이 바로 성적표를 눈앞에 보는 순간이 아닐까 합니다. 누군가가 오르면 누군가는 떨어졌겠지요. 참 안타깝습니다.

어쨌든 자기가 쓴 시를 매일매일 읽으며 자신을 갈고 닦겠다는 마음이 대견하긴 합니다. 근데 지금 이 친구가 조퇴를 허락받으려고 담임선생님 앞에 서 있습니다. 이 역시 이상과 현실의 극명한 차이를 보여주는 순간입니다. Ego!

6교시. 나눔

　여섯 번째 시간에는 무언가를 나누어본 경험을 풀어보는 시간을 가졌습니다. 주변에 소외된 사람을 둘러보고 그들에 대해서 생각해보는 시간을 가져보기를 바랐습니다. 그들을 도와주었던 경험도 좋고 미처 도와주지 못해 마음만 전하는 내용도 써보라고 했지요.

　이번 시간에는 이런 질문들을 던져 봤습니다.

1) 무언가를 나눈 경험이 있나요? 아주 작은 것이라도 생각해 봅시다.
2) 왜 나누려고 했나요?
3) 나누고 나서 어떤 감정이 들던가요?
4) 누군가를 도와줬을 때 상대방의 어떤 반응이 가장 반갑던가요?
5) 연민이나 동정의 감정을 느껴본 적이 있나요? 언제인가요?
6) 정말 나누고 싶은 기회가 있었는데 놓친 기억이 있나요?
7) 가장 기억에 남는 봉사활동은 무엇인가요?
8) 연말 구세군 냄비를 보면 어떤 생각이 드나요?
9) 나눔은 왜 필요할까요?
10) 무언가를 나누는 사람을 한 단어로 비유하면 어떤 단어가 떠오르나요?

　무언가를 나눈 경험을 쓰라고 했더니 친구와 과자를 나눠 먹은 기억이나 동생과 치킨을 나눠먹은 경험을 풀어 놓는 것에 그쳤습니다. 아주 작은 것이라도 괜찮으니 무언가를 나누어 준 경험에 대해 생각해보라고 했더니 엉뚱하게 친구에게 과자를 준 경험으로 시작해서 '참 보람찼다.' 정도로 끝나버리는 시를 보고 얼마나 한숨을 쉬었는지 모릅니다. 1번 질문을 잘못했나 싶기도 했습니다. 친구와 과자를 나누어 먹고 동생에게 치킨을 양보하는 것이 의미 없는 경험이라는 것이 아니라 애초의 의도와 벗어난 것 같아서 아쉬웠지요. 그래서 수업을 시작하기 전에 소외된 이웃에 대한 따뜻한 시선이 드러나도록 쓰면 좋겠다고 말하고 관련된 동영상도 조금 보여줬습니다. 그랬더니 시가 원하는 방향으로 나오더군요. 남이 자신의 마음을 알아주는 것이 얼마나 힘든지 다시 깨닫게 되는 순간이었습니다. 말 안 하면 내 마음 알아줄 이 아무도 없지요.

붙잡은 손

2학년 강유정

가만히 버스를 기다리다 저 멀리
울며 걸어오는 꼬마
놀라 다가가 왜 그러냐고 물어보니
엄마가 없어졌다고 한다.
막막했다. 어떻게 아이의 부모를 찾아줘야 하나
일단 진정시키기 위해
사탕 하나 까서 입에 넣어줬다.
한바탕 울음이 그치니 물어봤다.
이름이 뭐야?
옳을 의에 베풀 선이요,
자세히 보니
팔찌에 전화번호가 적혀 있었다.
전화기 너머에서
걱정이 가득한 목소리로 받아온다.
의선이라는 딸 찾으시나요? 물으니
맞다고, 어디냐고…….

아이를 찾은 엄마는
연신 고맙다며 나에게 고개를 숙이셨고
나도 몸 둘 바를 몰랐다.

비록 나는 버스를 놓쳤으나
의선이는 엄마의 손을 붙잡고 있었다.

•••

학교 마친 후 여느 날과 같이 집에 가려고 버스를 기다리는
데 멀리서 여자아이가 혼자 울고 있었다. 단숨에 달려가 엄마
의 부재를 알았고, 마침 팔찌에 적힌 전화번호로 전화를 걸어
보니 엄마의 걱정스러운 목소리가 들려왔다. 위치를 말해준 뒤
몇분 후, 의선이와 엄마가 만나게 되었다. 의선이의 엄마가 나
에게 아이를 찾아 주어 정말 고맙다고 인사하셨다. 짧은 시간
이지만 친해진 의선이도 고맙다고 손 흔들어줬다. 한 일은 별
로 없지만 상대방에게 도움이 되는 일을 했던 경험이었다. 내
가 다 심장이 떨리고 걱정되는 순간이었다. 엄마와 의선이가
빨리 만나게 되어 다행이라고 생각이 든다.

선생님의 시 읽기

실제로 경험하지 않고서는 쓸 수 없는 소중한 시입니다. 특
히 사탕을 입에 물고 '옳을 의에 베풀 선이요'라고 말하는 아이
의 모습이 눈에 그려지는 듯합니다. 자신의 작은 노력 덕분에
행복해하는 아이와 엄마를 보면서 얼마나 뿌듯했을까요.

마지막에 '비록 나는 버스를 놓쳤으나/ 의선이는 엄마의 손
을 붙잡고 있었다.'는 표현이 참 신선합니다. **Ego!**

생존의 빵

2학년 박연제

나한테 빵은 그저 간식이지만
파야타스 사람들에게는 가끔 먹을 수 있는 주식이다.
쓰레기 더미와 악취 속에서 살아가는 이들보단 덜 힘들겠지만
몇 백 개의 빵을 반죽하고 굽고 포장했다.
포장지 속에 빵은 소보로, 초코 빵도 아닌
그냥 밀가루 빵 맛이다.
동물원의 동물에게 먹이 주듯 주는 빵
뭐가 그리 좋은지
낯선 외국 사람인데도 경계하나 없이
입도 활짝 손도 활짝 펼치면서 달려오기도 하고
금방이라도 쓰러질 것 같은 집에 들어가 가족들을 데리고
아는 사람들 모조리 데리고 나온다.
미안하지만 1인 2개라 해도
아기들도, 어른들도, 노인들도
티셔츠 안에 바지 안에 마구 집어넣고 또 달라고 한다.
2, 3살 아기가 뭘 안다고 다시 쪼르륵 오고
어른들은 자식 주겠다며 다시 오고
노인들은 부끄러워하면서 슬쩍 옆에 있다.
살기 위해, 살고 싶어서 체면 따위 버린 지 오래,
나한테서 생존의 본능을 다시 한 움큼 받아간다.

필리핀에 어학연수를 6개월 간 적이 있다. 파야타스에서 한 봉사활동이 가장 기억에 남는다. 쓰레기 산들과 악취와 쓰레기 물로 젖어있는 땅, 땅 위로 흐르는 쓰레기 물들이 충격이었다. 그 속에서 빵을 나눠줬다. 그런데 의미 있는 활동인데도 불구하고 현지인 가이드를 보기가 미안해졌다. 뭔가 사람들의 행동이 마치 동물원 모이 주듯 빵을 주고 있는 모습이 보였기 때문이었다. 빵을 받았는데 또 받겠다고 엉덩이에 넣고 뒤에 숨기는 아이들의 순박한 모습이 귀여우면서도 마음이 짠했다. 본인들이 그렇게 한 게 아닌데 이런 환경 속에서 자라나는 아기들이 너무 불쌍했다. 인간이 버린 쓰레기가 다른 인간에게 준 피해의 현장은 참담했다.

선생님의 시 읽기

글로 봐도 이렇게 참담한데 실제로 봤으면 오죽했을까요. 지저분한 파야타스의 모습을 눈에 보이듯이 잘 그려주어서 많이 공감했습니다. 동물원의 동물들에게 먹이를 주듯 봉사활동을 하는 사람들의 행동을 보는 시선도 독특하고 아이부터 노인까지 빵 하나를 더 받으려는 치열한 생존의 현장도 너무 선명하게 잘 전해집니다.

그러니까 연제야, 그 사람들 생각해서 이제 매점 그만 가자. Ego!

눈앞의 먼 나라

2학년 김민정

리모컨으로 채널을 돌리다
우연히 멈춰진 그 채널에서
얇은 팔, 다리와 볼록한 배를 가진
아이들을 보았습니다.

파리가 붙은 아이의 얼굴과
붉은색의 끈이 보이는 아이의 팔과
엄마의 품에 얌전히 안겨있는 아이의 모습이
차례차례 눈앞을 자나갑니다.

아이들의 큰 눈에는 눈물이 그렁그렁 한데
그 아슬아슬한 눈물은 떨어지지 않고
다른 눈물이 아이들의 얼굴 위로 떨어집니다.

먼 나라에서 흐르는 어머니의 눈물로
그들은 어머니와 아이들에게
한 번만 손 내밀어 달라고 합니다.

하루에 만 육천 명을 살리는 기적.

저는 그 기적을 바라지만
아무것도 하지 못했습니다.

초등학생 때 유니세프 광고를 처음 보고 굉장한 충격을 받았다. 영양실조로 인해 뼈만 남아있는 살가죽과 부풀어 오른 배. 1분 정도 되는 그 영상 속에는 생명이 위태로운 아이들을 살려달라는 말들로 가득 차 있었다. 하루에 만 육천 명의 어린이가 영양실조로 죽고 살아남아도 쉽게 병에 걸리는 환경에 노출되어 살아가는 사람들을 위해 조금이라도 나은 환경을 만들어주고 싶다는 생각을 했다. 지금은 스스로 돈을 벌지 않아서 후원하기를 주저하고 있지만 스스로 돈을 벌기 시작한다면 가장 먼저 먼 나라의 어린이들을 후원해주고 싶다.

선생님의 시 읽기

나눔을 행하지 못한 아쉬움도 좋은 글감이 되지요. 이 친구는 텔레비전에서 봤던 유니세프 광고에 마음이 많이 쓰였나 봅니다. 저도 지나가면서 보곤 하는데 참 마음이 아프더군요. 다른 단체에 후원하고 있습니다만 광고를 볼 때마다 핸드폰을 손에 쥐고 움찔움찔합니다.

'저는 그 기적을 바라지만/ 아무것도 하지 못했습니다.'라는 절제된 시구에서 이 친구의 아쉬움이 잘 느껴집니다. 절제된 말이 가진 큰 울림이 있지요. 그걸 잘 구현해 냈습니다. 광고도 참 잘 묘사했습니다. 이 시를 보니까 광고가 떠오르네요. 또 움찔움찔합니다. Ego!

✽ 나눔에 관한 시. 4

또 다시 또

2학년 장윤서

보충을 하지 않고 학교를 나와서 봉사 활동을 간다.
공부를 하지 않는다는 생각에 기뻐서 친구와 학교를 나서지만
나서자마자 드는 생각.
너무 멀다, 귀찮다, 가지 말까?
망설이면서 버스를 타고
횡단보도를 건너
골목길 사이 귀퉁이를 돌아
봉사 센터 문을 열자마자 시작되는 아이들의 소리
"나랑만 오목해, 나랑만 엄마 놀이해, 나랑만 공부해."
한 시간 반 동안 아이들 사이에 있으면 배고프고 잠이 쏟아진다.
봉사를 가기가 귀찮은 마음은 굴뚝같지만

"다음 주에도 나랑 놀자 꼭 와야 해."

이 한마디에 난
버스를 타고
횡단보도를 건너
골목길 사이 귀퉁이를 돌아
또 문 앞에 서 있다

한 달에 적어도 두 번은 봉사활동을 간다. 봉사활동 가는 날은 방과 후 수업에 참여하지 않고 학교를 일찍 나갈 수 있어서 나가기 전까지는 봉사 가는 날이라며 기뻐한다. 그러나 그 기분은 순간일 뿐, 사실 막상 나가면 가기가 귀찮은 것이 사실이다.

그렇지만 결국 가게 되는 것은 아이들이랑 한 약속 때문이다. 아이들이 너무 좋다며 다음에 또 오라고 할 때마다 느끼는 보람 때문에 귀찮아도 꼭 와서 같이 놀아줘야 한다는 생각을 하게 된다.

선생님의 시 읽기

아이와 놀아주는 것은 정말 힘든 일입니다. 제 아이인데도 힘들어서 도망가고 싶을 때가 있는데,(실제로 침대로 도망가다가 잡혀서 끌려 나오기도 합니다.) 남의 아이야 오죽하겠습니까. 육체적으로도 힘들고 정신적으로도 고됩니다. 비록 귀찮다, 귀찮다 하긴 하지만 그래도 꾸역꾸역 봉사활동을 간다는 것 자체가 대단한 일이라 생각합니다. 아이들과의 약속을 지키려는 마음도 예쁩니다.

학교가 참 대단한 공간이긴 한가 봅니다. 그 봉사활동의 고됨을 기꺼이 감수하게 하는 힘이 있네요. 물론 이 친구는 그것보다는 아이들과의 약속 때문에 간 것일 테지만. 그쟈, 윤서야?
Ego!

습기 찬 화장실

2학년 정희정

어제 저녁에 샤워를 하고 잤다.
하지만
아침부터 내 머릿속은 온통 '목욕'으로 가득 찼다.
남의 알몸을 어떻게 씻기지? 무슨 말을 해야 안 어색할까?
여러 고민 끝에 드는 생각, '아, 가기 싫다'

긴장 반 설렘 반도 아니고
긴장만 가득 찬 마음으로
도착한 현동의 한 요양병원

그곳은 뭔가 달랐다.
환자들이 함부로 나오면 안 돼서 지문 인식을 사용하고
스마트폰도 함부로 놔둘 수 없는 그런 곳
마치 무슨 일이 일어날 것만 같은 긴장감 속에서
나는 애써 밝은 얼굴로 그들을 마주했다.

습기로 가득 찬 화장실에서 고군분투하는 우리 사이로
할머니는 물칠을 한 지 얼마 되지도 않았는데
"그만해도 될 거 같아요"라며 소리치신다.
나는 샤워하기 싫어하는 사촌동생이 떠올라 웃으면서

"눈 꼭 감으세요, 할머니. 이제 마지막이에요." 하면서
삼분의 일도 안 끝난 목욕을 곧 끝날 것처럼 말한다.

비누칠보다 헹구기를 더 오래한 후, 거울을 보니
땀으로 범벅이 되었지만 웃고 있는 내가 보였다, 예뻐 보였다.

수요일 오후, 나는 창원 요양병원에서 할머니들 목욕을 시켜주는 봉사활동을 했다. 목욕봉사는 처음인지라 남의 알몸을 봐야 하는 것부터 그들을 시원하게 씻겨야 한다는 것까지 모든 것이 걱정이었다. 심지어는 봉사를 가고 싶지 않다는 생각까지 했었다.

　　하지만, 막상 도착하고 할머니들을 보자 내가 그런 생각을 했었다는 것이 창피할 정도로 좋은 분들만 계셨다. 인지재활병동(치매 병동)의 한 병실이라 스마트폰도 아무데나 놓지 못하지만 그들은 꽃 그림 하나로도 행복한 미소를 띠는 그런 분들이셨다. TV로 비쳐지던 치매 환자들의 모습과는 전혀 달랐고 오히려 나를 행복하게 해주셨다. 화장실에서 목욕을 하는 동안 할머니는 계속 이제 끝이라며, 나가고 싶다고 소리치셨다. 그런 할머니의 모습이 마치 어릴 때, 샤워하기 싫어하는 사촌 동생을 씻기는 것만 같아서 즐거운 마음으로 목욕을 시킬 수 있었다. 허리와 팔은 끊어질 듯 힘들었지만 정말 행복한 하루였다. 잊을 수 없는 날이었다.

선생님의 시 읽기

　　수업을 하기 전에 '솔직하고 구체적으로, 굳이 표현을 시처럼 꾸미려고 애쓰지 마세요.'라고 했습니다. 이 시는 그 말을 참 잘 따른 시이지요. 이 친구의 경험이 그대로 읽힙니다. 화려한 수사 없이도, 자신의 경험을 담담하게 풀어내도 시가 될 자격은 충분하다고 생각합니다. 그런 의미에서 이 시는 참 예뻐 보입니다. Ego!

제2부

자아에 관한
시 쓰기

- 1교시. 과거
- 2교시. 현재
- 3교시. 미래
- 4교시. 좌절
- 5교시. 성장

1교시. 과거

자아와 관련된 시 쓰기 첫 번째 시간에는 자신의 과거를 시로 풀어봅니다. 과거의 자신을 돌아보고 자신이 어떤 사람이었는지, 어떻게 성장해왔는지를 톺아보면서 현재와의 연결고리를 찾는 시간이었습니다.

이번 시간에는 이런 질문을 던져 봤습니다.

1) 찾아온 사진을 보세요. 누구와 함께 있나요? 거긴 어딘가요? 그 사진을 보면 무엇이 떠오르나요?
2) 어릴 때 여러분은 어떤 아이였다고 하던가요?
3) 어릴 때 어디서 살았나요? 거길 묘사해보세요. 장소와 관련된 경험이 있나요?
4) 제일 기억에 남는 시기는 언제인가요? 왜 그 시기가 기억에 남나요?
5) 어릴 때 별명은 뭐였나요? 왜 그런 별명으로 불렸나요? 그 별명은 마음에 드나요?
6) 어릴 때 친한 친구의 이름은 뭔가요? 그 친구와 뭐하고 놀았나요?
7) 지금까지(고등학교 제외) 선생님 중에 기억나는 선생님이 있나요? 그분이 어떤 영향을 미쳤나요?
8) 어릴 때 좋아하던 놀이는 뭐가 있었나요?
9) 어릴 때 누구와 함께 자랐나요? 누가 키워주셨나요? 기억나는 에피소드가 있나요?
10) 여러분의 과거를 표현할 수 있는 단어를 나열해 보세요. 왜 그 단어를 뽑았나요?

수업 시간 전에 미리 어릴 때 사진을 5장 정도 챙겨오라고 했습니다. 자기들 사진을 놓아두고 짝과 함께 조잘거리며 사진 얘기를 해주는 모습이 참 보기 좋습니다. 너무 많이 시간이 지체되면 시 쓸 시간이 없어질까 적절하게 끊었습니다만 사진을 보며 어린 시절에 대해 이야기해보는 시간을 따로 마련해도 좋겠다는 생각을 했습니다.

달력

2학년 하수빈

2001년 2월 4일 저녁 8시 29분,
달력에 빨간 동그라미가 쳐 졌다.
모든 사람의 축복 그 한가운데서
아이를 안은 여자의 눈시울이 붉어졌다.

그 뒤로 달력이 17번 바뀌는 동안
빨간 동그라미가 수없이 쳐졌으리라.
백일, 이백일, 첫 돌.
처음 아빠 엄마 소리를 내고
첫 걸음마를 뗀 날 까지도.

아니, 아마 지금 이 순간마저
그녀에겐 소중하고 특별한 날일 것이다.
그녀를 웃게도, 울게도 하는
아이의 달력은 오늘도 빨간 동그라미이다.

  에고 시 쓰기 준비물로 내 어릴 때 사진을 엄마와 함께 챙기고 있었다. 평소 장난기도 많고 말도 많은 엄마가 그날따라 조용한 게 이상했고 가만히 사진만 찬찬히 바라보고 있는 게 낯설면서도 마음이 뭉클했다. 17년, 길면 긴 시간임에도 각 사진이 어디서 무얼 하며 찍은 사진인지를 다 기억하고 있던 것도 신기했다. 별 것 아닌 일임에도 하루하루를 사진으로 남겨놓았다는 것이 고마우면서도 매일매일 사랑받았구나 하는 느낌을 받을 수 있어 좋은 경험이 되었던 것 같다.

선생님의 시 읽기

  사진을 찾으면서 엄마랑 두런두런 이야기도 해보라고 했더니 진짜 그렇게 이야기를 나누고 와서 시로 풀어내었습니다. 아이를 생각하는 엄마의 마음, 그리고 그 아이가 커서 엄마를 생각하는 마음이 만나는 아름다운 풍경이 그려집니다. 위풍당당한 사진도 좋습니다. Ego!

오빠와 나

2학년 강지인

할머니 댁 마당에서 찍은
오빠와 내가 담긴 사진
두 손 꼭 잡고
활짝 웃고 있다

부모님이 일가시고 없던 날
열이 나는 나의 이마에
올려준 물에 적신 손수건
내 기억속의 착하고 다정한
오빠는 사라졌다

길가다 만나면
인사도 안하는
오빠와 나 사이

어릴 때 내 기억으로는 오빠와 정말 사이가 좋았다. 앨범을 보면 손잡고 웃고 있는 사진도 많다. 하지만 지금은 그렇지 않다. 물론 오빠와 사이가 안 좋은 건 아니다. 장난칠 때는 장난도 치고 잘 지낸다. 단지 옛날에 나를 챙겨주던 오빠는 없다는 것이다. 믿기지 않겠지만 언제부턴가 길다가 만나면 인사도 안 하고 그냥 지나친다.

선생님의 시 읽기

아, 정말 공감합니다. 10대 시절, 저도 밖에서 여동생을 만나면 굳이 알은체를 하지 않았던 것 같습니다. 사이가 나쁜 건 아니었고, 그럴 필요도 없었는데 특히 친구들과 같이 있을 때 그랬던 걸 보면 쑥스러웠나 봅니다. 어릴 때는 참 사이가 좋아서 둘이서 장난치다가 아버지께 같이 혼나고 했는데 말이죠.

올 10월에 여동생의 아이가 태어납니다. 뭔가 말로 표현할 수 없는 감정이 들더군요. 언젠가 이 친구에게도 그런 날이 오겠지요. 그때, 오빠와 이 시를 펼쳐두고 함께 한바탕 웃을 수 있다면 더없이 좋겠습니다. Ego!

젊은 게 좋은 것

2학년 최혜인

밖에서는 크리스마스 이브라고 난리다
캐롤송이 끊이지 않고
TV에서는 작은 꼬마가 도둑들을 괴롭히기 바쁘다
몇 번이나 봐도 질리지 않은지
가족끼리 나란히 누워 보고 있다
그때의 난 생기발랄 명랑 3세다

그땐 따라하는 게 그리 재밌는지
살이 포동포동하게 찐 짧은 팔을 낑낑대며
아빠처럼 턱을 괴려고 야단이다
그럴 때마다 귀엽다고 사랑받던 과거의 나

지금은 뭘 따라하면 욕만 먹는다
세월은 무섭다

　내가 3살 때 뭐든 남이 하는 행동이나 말을 따라 하곤 했었다. 그때는 남을 따라하는 것이 재미있었고 따라 해도 어렸기 때문에 귀엽다는 말을 많이 들었었다. 그런데 안타까운 것은 현재 내가 18살에 언니가 부르던 노래를 같이 부르기만 했을 뿐인데도 따라 부른다고 욕만 먹는다. 3살 때의 나와 18살 때의 나는 나이만 다를 뿐 같은 사람인데다 똑같은 행동을 했는데도 이렇게 다른 대우를 받는 게 억울하지 않을 수가 없다. 세월이 야속하다.

선생님의 시 읽기

　아이들은 뭐든 잘 따라하지요. 우리 딸이 가끔씩 다리를 꼬고 누워있는 제 모습을 보고 따라하려고 짧은 다리로 끙끙대고 있는 걸 보면 깜짝깜짝 놀랍니다. 그저 귀엽고 사랑스럽지요. 그런데 그 애가 18살이 되어 저를 따라 한다고 생각하면, 좀 끔찍합니다. 나이에 맞는 행동이라는 것이 필요하긴 하나봅니다. Ego!

나의 흔적

2학년 이효주

처음 본 눈이었다.
쌓여서 녹지 않고
밟으면 사부작 소리 나는 눈

옷이 눈에 젖지 않는다길래
그런 옷도 있나하며
걷지 않고 뒹굴어 다녔다.

담양대나무테마공원에는
쌍둥이자매의 새하얌이
지층처럼 묻혀있다.

어렸을 때 엄마와 우리 쌍둥이 자매가 광주로 여행을 간 적이 있었다. 광주에서 밥을 먹었는데 그 식당의 화장실에, 마산에서는 한 번도 본 적 없는 고드름이 있었다. 신기해하면서 하나씩 떼서 차에 탔다. 그 다음 코스로 담양 대나무테마공원에 갔는데 그곳에서 처음으로 쌓여서 녹지 않는 눈을 보았다. '이게 바로 동화에서만 보던 눈으로 뒤덮인 세상이구나.' 하면서 우리는 걷지 않고 뒹굴면서 다녔다. 엄마가 처음으로 사준 스키복을 입고 젖지 않는 옷에도 감탄을 하였고 처음으로 눈도 먹어보고 마음껏 눈을 만진 역사적인 날이었다. 담양 대나무테마공원에는 우리 쌍둥이 자매의 천진난만함과 행복함이 지층 속 화석처럼 남아있겠지?

선생님의 시 읽기

사람마다 각각 기억에 남는 장소가 있기 마련이지요. 이 친구에게는 담양이 그랬나 봅니다. 사진을 보면 꽤 오래 전인 것 같은데 아직까지도 무슨 옷을 입었는지, 어떤 생각을 했었는지 선명하게 기억하는 걸 보면 말이지요. 이런 기억이 있는 담양은 이 친구에게는 보물과 같은 장소가 되겠지요. 먼 훗날 쌍둥이자매가 함께 담양엘 들러 지층처럼 묻혀 있는 기억을 들추어 내어 보는 것도 재미있을 것 같습니다. Ego!

향수

2학년 구혜진

사진을 보고 있으면
그때 그 시절의 향이 난다.
시원한 소나무 바람을 타고 퍼지는
늦봄의 향

가득 맡고 있으면
마치 그 시절로 돌아간 것처럼
촌스러운 줄무늬 티 입고 흐뭇한 듯 바라보는 아빠와
이런 건 사진으로 남겨야 한다며 카메라를 든 엄마,
은은한 꽃밭 안에서 해맑게 웃는 내 모습도

향이 흩어지면 언제 그랬냐는 듯
현실의 내가 있고

편한 민무늬 티 입고 티비 보는 아빠와
프레젠테이션 배운다고 바쁜 엄마,
맛있는 거 먹고 재롱부리는 동생이나
주말되자 또 놀러간다고 거울 보는 내가 있다.

은은하게 코끝을 스치고 가는 향
이미 멀리 흩어져버렸겠지.

오래된 사진첩, 그 앨범을 펼쳐 한장 한장 넘긴다. 사진을 볼 때마다 그때 그 시절이 파노라마처럼 눈앞에 펼쳐진다. 그러면 그리운 향이 맴도는 듯하다. 그러면 나도 모르게 '내가 사소한 걸로도 즐거워하던 때가 있었지' 하는 말을 되풀이한다. 오랜 시간 고향을 그리워해서 걸린 향수병처럼 나 역시도 가끔은 그리워진다. 마음 속 깊은 곳에서부터 꿈틀대는 그런 느낌. 씁쓸함이랄까? 그런 것들이 모여 깊게 후벼 파는 느낌이랄까? 아무튼 울컥 한다. 계속.

선생님의 시 읽기

아마 시를 쓰기 전에 두툼한 사진첩을 뒤적거렸겠지요. 한 장씩 넘겨보면서, '아, 그래.', '음, 이런 적이 있었지.' 하면서 추억에 젖었겠지요. 그리고 시를 쓰다가 다시 감상에 젖었겠지요. 이런 과정이 잘 느껴집니다.

대부분의 기억은 시각 정보에 의존한다고 생각하지만 사실 청각이나 후각으로 기억되는 추억도 상당하다고 생각합니다. 어떤 노래를 들으면 그 노래를 들었던 기억이 떠오르거나 어떤 냄새를 맡으면 관련된 추억이 되살아나는 듯한 느낌을 받을 때가 있으니까요. 이 친구도 아마 소나무향에 대한 강렬한 기억이 있나봅니다. 향이 흩어지는 걸 아쉬워하고 있지만 연신 코를 자극하는 향보다는 가끔씩 코끝을 스치듯 지나가는 향이 더 매력적일 때가 있다고 말해주고 싶군요. Ego!

2교시. 현재

자아와 관련된 시 쓰기 두 번째 시간에는 자신의 현재를 바라보는 시간을 가졌습니다. 보통 사람들은 자신에 대해 잘 안다고 생각하지만 사실 자신에 대해 모르는 부분이 많습니다. 아마 자신에 대해 생각할 만큼 여유가 없는 탓일지도 모르지요. 그래서 이런 시간으로나마 자신에 대해 생각해보는 시간을 가져보기를 바랐습니다.

이번 시간에는 이런 질문을 던져 봤습니다.

1) 좌우명이 뭔가요?
2) 지금까지 살아오면서 가장 영향을 많이 받은 사람은 누구인가요? 어떤 영향을 받았나요?
3) 별명이 뭔가요? 왜 그런 별명이 붙었나요?
4) 자신의 장점은 뭔가요? 제일 잘하는 건 뭔가요?
5) 심심할 때 하는 건 뭔가요? 구체적으로 써 주세요.
6) 자신과 가장 닮은 동물은 뭔가요? 어떤 면에서 닮았나요?
7) 자신의 신체 중 가장 자신 있는 부분은 어디인가요? 가장 자신 없는 부분은 어딘가요? 왜 그렇죠?
8) 자신의 성격 중 가장 만족스러운 부분은 어디인가요?
9) 남들에게 말하기 힘든 자신의 콤플렉스는 뭔가요?
10) 여러분의 현재를 표현할 수 있는 단어를 나열해 보세요. 왜 그 단어를 뽑았나요?

가벼운 질문부터 솔직함을 요구하는 질문까지 최대한 여러 가지를 물어보아 글감을 찾을 수 있도록 했습니다. 자신의 별 명에 대해 쓰는 아이들이 많았고 자신의 현재에 대한 불만을 쓴 학생도 많았습니다. 2번 질문에 답을 하면서 자신에게 영향을 많이 미친 엄마에 대한 이야기를 쓰다가 주객전도가 일어나 자신이 아닌 엄마를 주인공으로 모시는 경우도 봤는데 이 경우는 '이번 주제의 주인공은 자기 자신'이라는 것을 강조해서 수정하게 했습니다.

질문을 보면 알 수 있겠지만 자신의 '현재'를 보라고 했던 것은 자신의 성격이나 기호와 같은 있는 그대로의 모습을 바라보게 하려는 의도였습니다. 그런데 현재의 '어려움'을 그린 아이들이 많았습니다. 진로나 입시에 대한 고민 같은 것이지요. 앞 시간에 '분노'를 그리는 시간도 있었고, 뒤에 '좌절'을 다루어보는 시간도 있는데 질문에도 없는 이런 이야기를 꺼내는 걸 보니 고등학교 시절이 참 힘든 시기임은 분명하다 싶었습니다. 그나마 자신의 모습을 그린 아이들도 여학생들이다 보니 자신의 외모 비하로 빠져버리는 모습이 너무 안타까웠습니다. 이 수업을 진행한 후에 어떻게 하면 자존감을 키울 수 있는 교육을 할 수 있을까 고민을 참 많이 했습니다. 그렇다고 뚜렷한 답을 얻은 건 아니지만 고민하다보면 언젠가는 멋진 방안을 생각해낼 수 있을 거라 믿습니다.

아무도 모르는 선물

2학년 윤고은

쉬는 시간만 되면
가장 크게 들리는
목소리의 주인공

하굣길에는
모든 이들의 인사에 답해주는
항상 나서서 무언가를 대신 해주는
그녀는
얼굴에 항상 웃음을 품고 있다.

그러나 그녀는
속으로는 항상 작아지고
누구에게 선뜻
말 한 마디 건네지 못한다.

사람들은 그녀를
마치 밝고 예쁜
선물의 포장지처럼 바라본다.
그녀는 그 포장지를 뜯지 않고
그 속에 살아간다.

주위 사람들은 내가 매우 활발하고 외향적인 성격이라고 생각할 것이다. 사실 나는 초등학교 때부터 나의 소심한 성격을 매우 싫어해서 바꿨다. 그래서 친구도 많이 생기고 옛날보다는 재밌는 삶을 살고 있지만 여전히 나는 엄청 소심한 사람이다. 내가 소심한 성격이라고 이야기하면 그때마다 사람들이 비웃는데 그럴 때마다 조금씩 상처를 받곤 한다. 내 주위의 사람들이 나의 속을 알아줬으면 한다.

선생님의 시 읽기

사람은 누구나 어느 정도는 포장을 하면서 살아가지요. 그렇다하더라도 항상 밝은 얼굴을 하고 있는 이 친구에게 이런 사정이 있을 줄은 생각도 못했습니다. 아마 반 친구들도 제 생각과 같을 거라 생각합니다. 아마 이 시를 보고 이 친구를 조금 더 깊이 이해할 수 있게 되었겠지요. 하지만 친구의 숨겨진 면을 알았다고 해도 딱히 다르게 대할 필요는 없다고 봅니다. 그저 함께 더 많이 웃으면 좋겠습니다. Ego!

지금 나는

2학년 최현실

검은 밤하늘 뒤덮인 이곳은
구름에 탄 꿈들이 뭉게뭉게

얽히고설킨 꿈들이 모여
거센 비를 내린다.

이도 저도 못하는 나는
그저 비를 맞을 뿐

비를 피할 나무도
가야 할 길도
내겐 보이지 않는다.

꿈을 딱 하나로 말할 수 있는 게 아닌데 학생부 진로희망란에는 어느 하나의 선택을 강요한다. 진짜 내가 하고 싶은 걸 할 수 없는 상황에서 어떻게 해야 할지 도무지 모르겠다. 진로라 정한 것도 있지만 이게 정말 맞는 건가 의문이 들고 다른 꿈들에 대한 미련 때문인지 진로에 대한 확신도 없다.

어릴 때는 "꿈을 가져라, 꿈이 있는 건 좋은 것이다." 이렇게들 말했던 어른들이, 막상 다양한 일을 하고 여러 분야를 도전해 보겠다고 말하면 왜 나잇값을 못 한다고 할까?

선생님의 시 읽기

만약 시에 딸린 이야기가 없었다면 그저 그런가 보다 하고 넘겼을 것입니다. 그런데 이야기를 보고 시를 보니 '야, 이거 적절한 비유다.' 싶었습니다. 꿈들이 모여 오히려 비를 내리고 그 비를 맞을 수밖에 없는 현실. 꿈은 참 좋은 말인데 그걸 강요하는 순간 부담이 되지요.

꿈을 강요하는 시대를 비판적으로 보는 시선이 많습니다. 허나 꿈이야 말로 진정한 삶의 기준을 세울 수 있는 최선의 방안이라고 생각하는 사람을 무조건 비판할 수도 없지요. 저도 아직 뭐가 맞는지 모르겠습니다만 꿈 때문에 스트레스를 받고 있는 아이들이 참 많다는 건 확실해 보입니다. Ego!

소파

2학년 김정희

누구나
한 명쯤은 있는
가장 편한 사람

같이 있는 사람들은
입을 맞춘 듯
"니가 제일 편해"

다들 알까?
불편함을 덜어주기 위해
머릿속에선 끊임없이 할 말을 생각해내는
365일 돌아가는 공장

ＯＯＯ

　나랑 함께 있는 사람들은 꼭 한 번씩 "너랑 있을 때가 제일 편해." 이런 말을 많이 한다. 생각해 보면 나는 이들이 나랑 같이 있는 게 불편할까 봐 말을 계속 시키거나 있었던 웃긴 일 등을 계속 이야기해 준다. 이렇게 하는 게 가끔은 힘들기도 하지만 내 곁에 있는 사람에게 누구보다 제일 편한 사람이 되고 싶은 생각이 더 간절하기에 그 노력을 멈출 수 없다.

선생님의 시 읽기

　이 아이는 참 재미있는 친구입니다. 센스와 긍정적인 에너지가 넘치는 친구이지요. 이런 이에게 친구들이 모이는 것은 당연한 일입니다. 주변인들에게 사근사근한 성격이 못되는 저는 이런 성격은 타고 나는 것이라 생각했습니다. 근데 이 시를 보니 이런 친구들도 나름대로 열심히 노력하고 있더군요. 하긴 이런 노력을 할 수 있는 것도 재능이라면 재능이겠습니다. 참 부러운 재능입니다. Ego!

나를 안다는 것

2학년 이효연

나는 나를 잘 모른다.
내가 무엇을 좋아하는지
내가 무엇을 잘하는지
내가 무엇을 하고 싶은지

나는 너를 잘 안다.
네가 무엇을 좋아하는지
네가 무엇을 잘하는지
네가 무엇을 하고 싶은지

나는 나를 잘 모른다.
나에 대해 생각해본 적도 없고,
그럴 기회도 드물었고,
다른 이의 이야기만 들어주었기에.

나는 항상 나에 대해 생각해보는 시간보다 다른 친구의 고민과 이야기를 들어주는 시간이 더 많았던 것 같다. 얼마 전 템플스테이에 갔을 때도 스님이 주신 '나는 누구인가?'에 대한 물음에 답을 하지 못했던 경험을 하고 난 후 내가 사실 나에 대해 잘 모르고 있다는 사실을 깨달았다. 물론 남의 이야기를 듣는 것도 좋지만 나에 대해 생각해보는 시간을 더 많이 가지는 것 또한 앞으로의 나의 인생과 미래에 의미 있는 일이지 않을까? 나를 비롯하여 내 또래 친구들이 지금 시기에 혼란이 많은 만큼 자신에 대해 생각해보는 시간을 많이 가졌으면 좋겠다.

선생님의 시 읽기

자신에 대해 생각해보는 시간을 가지는 것이 이 수업의 목적이었습니다. 이 친구는 그 의도를 참 잘 따랐네요. 자신에 대해 생각해 본 결과, 자신은 자신에 대해 아는 것이 별로 없었다는 걸 알게 됩니다. 본인은 어떻게 생각할지 모르겠지만 저는 이것 역시 자신을 발견한 것이라고 생각합니다. 남들을 보느라 정작 자신에 대해 관심이 없었던 자신의 모습을 정면으로 대면하게 된 것이지요.

소크라테스는 "네가 모른다는 걸 알라."라고 말했다고 하지요. 자신이 본인에 대해 모른다는 것을 솔직히 고백할 수 있는 용기가 있는 사람이야말로 누구보다 자신에 대해 깊이 있게 탐구할 수 있는 가능성을 지닌 사람이 아닐까 합니다. Ego!

꿈이 뭐야?

2학년 구소은

꿈이 뭐야?
예전에는 자신 있게 대답했던 이 질문
하지만 요즘은 그렇지 않다.
무엇 때문일까
성적? 주변 친구들의 동요? 앞으로의 전망?
난 지금 갈림길에 놓여 있다.
언제쯤 나는 예전처럼 저 질문에
자신 있게 답할 수 있을까
이럴 때는 누군가가 나서서
내 꿈을 정해주면 좋겠다.
다시 옛날의 나로 돌아와서
저 물음에 답할 수 있는 내가 되면 좋겠다.

···

　요즘 나는 진로 선택의 갈림길에 놓여있다. 언제부터인지는 잘 모르겠지만 나는 어느새 꿈이 무엇이냐는 질문에 자신 있게 대답하지 못한다. 예전에는 진로 활동도 좋아했는데 요즘은 마냥 좋지도 않다. 이럴 땐 그냥 진로가 딱 정해져 있는 상태로 태어났으면 좋겠다는 생각까지 든다. 이제 1년밖에 남지 않았는데 전처럼 하루빨리 진로를 되찾을 수 있었으면 좋겠다.

선생님의 시 읽기

　진로 고민이 참 많은 2학년입니다. 어떤 아이들은 진로를 못 정해 힘들어하고, 어떤 아이들은 일찌감치 진로를 설정하고 노력하는 아이들도 있습니다. 이 친구의 경우는 예전부터 정해놓은 진로에 대한 회의감이 들기 시작했나 봅니다. 대부분의 경우 성적이 가장 큰 이유겠지만 거기에 여러 가지가 더 붙어서 복잡해집니다. 그럴 경우 아이들은 슬럼프를 겪게 되지요. 이 친구도 그런 것 같습니다.

　이 경우 개인적으로는 그저 기다려주는 게 최선이라 생각합니다. 언젠가는 살아갈 방도를 찾기 마련이니까요. 하지만 이게 교사로서 적합한 조언인지 판단하기는 좀 어렵습니다. Ego!

3교시. 미래

자아와 관한 세 번째 시간에는 자신의 미래를 그려보고 그걸 시로 담는 시간을 담았습니다. 미래의 자기를 상상하고 글을 써보면 아무래도 앞으로의 삶을 살아가는 데 힘이 되지 않을까 해서 정한 주제였습니다.

이번 시간에는 이런 질문을 던져 봤습니다.

1) 장래희망은 뭔가요? 왜 그런 꿈을 꾸게 되었나요?
2) 20살인 여러분은 어떤 모습일 것 같나요?
3) 첫 출근, 여러분의 회사는 어디인가요? 가장 처음 보이는 사물은 뭔가요?
4) 첫 월급, 여러분이 가장 하고 싶은 건 뭔가요? 왜 그걸 하고 싶나요?
5) 첫 여행, 어디를 여행하고 있나요? 왜 그곳에 가려고 했나요?
6) 18살의 나와 28살의 나는 어떤 차이가 있을까요?
7) 가까운 미래, 당신은 어떤 사람이라는 평가를 받고 있나요?
8) 30살, 당신은 책을 썼다고 가정합니다. 그 책의 제목은 뭡니까? 어떤 내용이죠? 왜 그런 제목을 붙였죠?
9) 여러분의 30살을 수식할 수 있는 말은 뭘까요? 왜 그 말을 붙였나요?
10) 여러분의 미래를 표현할 수 있는 단어를 나열해 보세요. 왜 그 단어를 뽑았나요?

너무 먼 미래를 상상하게 되면 너무 허무맹랑한 이야기가 나올까 우려되어서 아무리 멀리가도 30살을 넘기지는 말라고 했습니다. 여학생이라면 그때쯤이면 사회에서도 어느 정도 안정을 찾을 시기이고 어쩌면 결혼을 생각하거나 막 결혼한 정도가 되겠지요. 딱 그 정도면 아이들이 구체적으로 그림을 그릴 수 있을 거라 생각했습니다.

물론 어디까지나 이건 제 생각이고 미래의 모습을 아주 피상적으로 그린 아이들도 정말 많았습니다. 어느 정도 수정의 가능성이 있으면 "이건 좀 더 구체적으로 쓰면 좋겠다. 장면을 잡아서 말이지."라거나 "상상력을 동원해서 몇 마디 더 넣어볼까?" 정도로 조언을 할 수 있었지만 어디부터 손을 대야 할지 판단이 안 설 정도로 두루뭉술한 이야기를 쓴 아이들도 많았지요. 이 경우는 어쩔 수 없이 다음 시를 기약하기로 했습니다. 아직 경험하지 못한 세계를 그리는 건, 게다가 그걸 구체적으로 그리는 건 더더욱 쉬운 일이 아니구나 싶었습니다. 그래도 아이들이 세월이 지나 자신이 쓴 글을 보면서 자신의 남루한 상상력에 피식거릴 걸 생각하니 다소 위로가 됩니다.

첫 출근

2학년 김미주

첫 출근이다
긴장해서 까먹을까 봐
자기소개도 몇 번이나 연습했다

내 손바닥만 한 실내화와
조그마한 플라스틱 의자, 장난감까지
바다 위를 표류하다 소인국에 잘못 들어온
걸리버가 이런 기분이었을까

새로 산 운동화에 억지로 발을 구겨 넣은 듯
빳빳한 앞치마가 어색해서
손깍지를 꼈다 풀었다
뒷짐을 지었다 팔짱을 꼈다

한참을 그러고 있는데
밖에서 햇병아리들이 삐약이는 소리가
점점 다가오고 있다

내, 내 이름이 뭐였지?

확실하게 단언할 수는 없지만 그래도 지금의 장래희망은 유치원 교사이다. 그런데 내가 워낙에 낯을 가리는 성격이라 새로운 환경에 적응하는데도 남들보다 오랜 시간이 필요하다. 게다가 첫 직장에서의 첫 출근. '처음'이라는 단어가 나에게 주는 부담감은 상상도 못할 정도로 어마어마하다. 쫄보인 나는 그 부담감에 긴장감까지 끼얹어 어쩌면 어린아이들 앞에서 자기소개를 하다가 내 이름마저 잊어버리는 웃지 못할 에피소드를 만들어 낼지도 모른다. 아... 상상만 해도 손바닥에 땀이 나는 것 같다.

선생님의 시 읽기

이 시를 보니 처음 교직에 선 날이 생각납니다. 학원강사로, 과외로 나름대로 아이들 대하는 건 잔뼈가 굵을 대로 굵었다고 생각했었는데 그래도 설레고, 떨리고, 두려웠습니다. 날마다 연습한 자기소개인데 막상 하려니 이름도 생각이 안 나는 어처구니없는 상황이 몹시도 잘 그려져 있어 순간 울컥하고 옛날 생각이 나네요.

'손깍지를 꼈다 풀었다/ 뒷짐을 지었다 팔짱을 꼈다' 하고 묘사한 부분이 어찌나 실감나는지 시를 보면서 피식거리며 웃었습니다. 이런 걸 상상할 수 있는 사람이라면 햇병아리 같은 아이들에게 좋은 꿈을 심어 줄 수 있는 교사가 될 수 있을 거라 믿습니다. Ego!

나의 꿈

2학년 김민희

누군가 말했다.
"꿈을 이루려면
죽기 살기로 열심히 노력해야 해"
그 꿈을 위해 노력한 결과가
바로 이런 것이었을까?
설거지만 하다가 주부습진 걸리겠다.
그때마다
이 순간을 위해
밀가루 반죽으로 버린 옷들이
몇 개인가 생각 들기도 한다.
항상 침대에 누워
내가 꿈꿔왔던 것은
이런 것이 아닌데 하며
좌절하면서도
나도 언젠가
최고라 불릴 날이 오겠지 하며
스스로를 위로하며
하루의 마지막을 보낸다.

어릴 때 항상 꿈이 뭐야? 라고 물으면 나는 뭔가를 만드는 사람이라고 대답했다. 무엇을 만들고 그걸 보고 기뻐하는 모습이 좋았다. 이런 적성을 고려해 중학생 때 제과제빵사라는 꿈이 생겼다. 그때부터 그에 대해 찾아보고 만들어보고 선물하기도 하고 지금은 자격증 실기를 준비하며 노력한다. 나름대로 체계적으로 노력해왔기 때문에 '미래에 이 분야에서는 이러고 싶어.' 하는 다짐을 잘 쓸 수 있을 줄 알았는데 이걸 시로 풀어내는 것은 생각보다 어려웠던 것 같다.

선생님의 시 읽기

이 친구 빵을 먹어본 적이 있습니다. 1학년 때 우리 반이었거든요. 아마도 제가 "야, 니는 빵 만든다는 놈이 어찌 담임한테 빵 하나 안 만들어 오노? 때리 치아라." 하니 억지로 만들어 온 것 같습니다. 엎드려 절 받았지만 그래도 빵은 맛있어서 교무실에서 선생님들과 나눠 먹은 기억이 납니다.

시는 비록 아직 허드렛일을 하는 예비제빵사를 그렸지만 저는 훗날 이 친구가 정기적으로 맛있는 빵을 교무실에 무료로 배급해도 손해를 보지 않을 만큼의 유명한 빵집을 열 수 있으리라 믿습니다.

아, 빵 정기 배급이라니, 생각만 해도 황홀합니다. Ego!

두 번째 사춘기

2학년 장현승

어렸을 때부터 꿈꿔온 대로
혼자 살면서
사람 살리는 일을 하고 있다.

하지만
이게 정말 내가 행복해질 수 있는 길일까?

어른들 분위기에 떠밀려
이것들이 진짜 내 꿈인 줄 알고
착각해 여기까지 오게 된 건 아닐까?

스스로 결정을 내리고
판단하기 시작한 지 10여년이 지났지만
여전히 남 탓에 어중간한 나

이제야 뭐가 하고 싶은 건지
스스로에게 물어보는 건
너무 늦은 일이겠지?

고등학교에 입학하고 나서도 뚜렷한 진로를 결정 못해 어영부영 하다 주변 사람들의 조언과 조그마한 나의 자신감으로 간호사라는 직업을 선택한다. 그 꿈을 따라 간호학과를 진학하고 병원에 취업하지만 강도 높은 일로 인해 어느새 사람을 살리고 싶다는 마음이 아닌 기계적으로 일하는 자신을 발견한다. '이제라도 나 자신을 위한 일을 하며 살아야 하는 것일까'라는 생각에 간호사 장현승과 사람 장현승 사이에서 혼란스러워한다.

선생님의 시 읽기

지방에 있는 여학생들에게 가장 인기 있는 학과는 아무래도 의료보건계열입니다. 원래 그쪽을 희망했다기보다는 진로를 정하지 못하고 있다가 주변 어른들이 "야, 아무래도 보건 쪽이 취직이 잘 된다.", "느그 간호사 이모(혹은 고모)를 봐라. 취직 걱정 안하고 얼마나 좋노?" 하는 말에 혹해서 그쪽으로 원서를 쓰게 됩니다.

10년 뒤에도 자신의 진로를 고민하고 있을 자신을 그리고 있는 이 친구의 시를 보면서 '그래, 이것만큼 현실적인 상상은 없지.' 하고 생각했습니다. 그래도 그때쯤 되면 혹은 그때를 슬기롭게 거쳐내면 어떤 방식으로든 자신의 길을 찾게 될 거라 믿습니다.

10대들의 고민을 미래의 모습에 잘 버무려서 눈길이 가는 시입니다. Ego!

드라이브

2학년 김소연

돌아다니는 냉장고라던데 그 말이 정답이다.
자연 바람 한 번 쐐볼까 하고 열었던 창문
열자마자 들어오는 찜질방 느낌에 바로 문을 올린다.
열여덟 살에 언제 저까지 가나하고 내쉬었던 한숨과
바르자마자 흘러내렸던 선크림이 섞인 땀이
이 창문 밖에 있겠지?

이렇게 더운데 그땐 어떻게 걸어 다녔나.

여름방학을 맞아 친구랑 서울여행을 갔다. 우리 나름대로 어디가자 이러면서 계획도 세웠는데 문제는 그 가게들이 너무 떨어져있고 한 곳을 찾아가려면 적어도 10분은 길을 찾아다녀야 한다는 것이었다, 너무 더운데 찾는 곳은 안 보이고 차가 지나가면 부러웠다. 그래서 어른 되면 꼭 차타고 오자면서 다짐을 했다.

선생님의 시 읽기

아직 운전을 하지 못하는 학생들에게 자가용은 꿈이자 로망이지요. 저도 그랬던 것 같습니다. 무더운 여름날, 쌩쌩 지나가는 자동차를 보면 어찌나 부럽던지요. 수능만 끝나면 운전을 하리라 마음을 먹었던 기억이 있습니다. 물론 제 자가용을 가지게 된 건 그 이후로 10년이 훌쩍 지나서였지만.

보통 이렇게 시작한 글은 '그래도 그때가 그립다'라든지 '가끔은 자동차를 두고 걷는 것도 좋다.'라는 식으로 끝내는 것이 대부분이지만, 제 개인적으로 그건 거짓말이라 생각합니다. 여름날에 땀을 뻘뻘 흘리며 걷는 것보다 자동차에 에어컨 빵빵하게 틀어놓고 가는 게 훨씬 행복하다는 걸 다 알지 않습니까? 그런 의미에서 이 작품은 참 정직한 시라는 거지요. Ego!

장려상

2학년 김진희

눈가 다크서클보단 얕은 대가였지
누군가 다 클 때쯤 말해주었어

최우수상보단 좀 없어 보이는 이름인데
좋은 일에 힘쓰도록 북돋아 준다는 깊은 의미라고

"저렇게 별 거 아닌 일에 혼내지는 말아야지"
했었는데 막상 겪어보니 성질이 폭발할 때가 있더라.

"새로운 학습법을 많이 만들어봐야지"
했는데 책상 가득 쌓인 일거리에 무너져버릴 때가 있더라.

어쨌든 스치는 말로 "좋은 선생님"까진 아니어도
"그 쌤 좀 괜찮지 않냐"정도의
딱 나의 지긋지긋한 장려상 정도의
그런 인간다우면서도 성실한 선생님

언제든 최우수가 될 가능성도 열려있으니까

초등학생 때부터 장려상을 유독 많이 받아왔다. 열심히 한 만큼의 대가가 아니어서 아쉬웠지만 장려상은 자랑하기도 애매하고 겸손할 수 있어서 좋았다. 때론 장려상이 더 의미가 깊을 때도 있다. 모두를 만족시키는 우수한 사람이 아니더라도 인간미 있고 친근한 선생님, 나의 장려상 같은 사람이 되는 것이 내 꿈이다.

선생님의 시 읽기

이 친구가 처음 썼던 시는 비유도 많고 그만큼 숨기는 것도 많았던 걸로 기억합니다. 수업시간에 솔직하게 쓰라는 걸 강조한 터라 조금 아쉽다는 생각이 들었지만 그걸로 별 다른 이야기한 적은 없습니다. 그런데 어느새 조금씩 제가 유도하는 방향으로 시가 바뀌어가고 있더군요. 신기했습니다. 수업 때 제가 하는 몇 마디에 귀 기울이고 시로 반영하려 노력했다는 걸 알 수 있었지요.

누구라도 이 친구의 글을 본다면 그 속에 담긴 정성을 단번에 알아 볼 수 있습니다. 그 정성이 장려상을 만들어 온 힘이라 생각됩니다. 그런 정성을 삶에도 쏟는다면 좋은 선생님이 되겠다는 꿈은 얼마든지 이룰 수 있으리라 믿습니다. Ego!

4교시. 좌절

자아와 관한 네 번째는 좌절의 경험을 담아보는 시를 써봤습니다. 기억에 남는 좌절의 순간을 떠올려 그걸 시로 써보라고 했지요. 좌절의 경험을 담으라고 하면 그걸 극복했던, 혹은 극복하겠다는 의지를 담아야한다는 강박에 시달릴 수도 있을 거 같아서 미리 이야기했습니다.

"'좌절과 극복'이라는 교과서적인 구성에서 벗어나세요. 좌절의 경험을 담는 것만으로도 충분히 가치 있는 시를 쓸 수 있습니다."

그러면 천편일률적인 결말을 조금은 방지할 수 있습니다. 물론 그럼에도 이육사 같은 굳건한 의지를 표방하는 아이들도 있지만요.

이번 시간에는 이런 질문을 던져 봤습니다.

1) 가장 최근에 겪은 좌절은 뭔가요?
2) 그때 주변은 어떻게 보이던가요? 구체적으로 써봅시다.
3) 어떤 표정을 짓고 있었을까요?
4) 그때 여러분은 어떤 말을 했나요? 목소리는 어땠나요?
5) 최근에 위로를 받은 경험이 있나요?
6) 좌절을 했을 때 어떤 말(행동)이 가장 위로가 되던가요?
7) 좌절감에 힘들어할 때 찾고 싶은 사람은 누군가요? 왜 그런가요?
8) 친구가 시험에 떨어졌습니다. 어떻게 위로할까요?

9) 살면서 좌절은 필요하다고 합니다. 왜 그럴까요?
10) 좌절했을 때 어떤 말(행동)을 가장 듣고 싶었나요(혹은 듣고 싶나요)?

　좌절만 다루면 좀 지루할 수도 있고, 혹은 글감을 떠올리는데 한계가 있을 것 같아서 위로를 했거나 받았던 내용을 떠올려보라고 하기도 했습니다. 위로에 대한 경험이 좌절의 경험과 맞아떨어질 때가 있기도 하니까요.

　수업을 설계하면서 제가 한 가지 간과한 것이 있었는데, 아이들은 '좌절'이라는 경험과 '슬픔', '외로움' 등의 감정을 혼동한다는 것이었습니다. '좌절'이라는 경험에 초점이 맞추어져야 하는데 오히려 감정만을 다룬 아이들이 많았습니다. 그러나보니 '좌절'의 경험과 관련이 없는 슬픔을 제재로 다루는 현상이 일어나는 것이지요. 누군가를 잃어버렸다는 상황이 항상 좌절과 연결되는 것은 아닌데 '누군가를 잃으면 좌절하는 거다.'라고 생각하나 봅니다. 아마 '좌절감'이라는 정서에 대한 정확한 이해가 없어서 생기는 문제가 아닐까 싶습니다.

　문제풀이를 위해 시를 분석할 때, 화자의 상황과 정서를 분리해서 분석하고는 '이런 상황이라면 이런 정서가 나오는 게 당연한 거잖아.'라고 설명합니다. 아이들은 그때는 고개를 끄덕이고 있다가 막상 자신들이 직접 분석을 하면 잘 못합니다. 어떠한 정서에 대해서 깊이 있는 이해가 없다보니 헷갈리나 봅니다. 예전에는 '이렇게 상세하게 설명해 주었는데 왜 이걸 모르나.' 하고 생각했었는데, 시를 쓰게 하고서야 아이들이 왜 그걸 어려워했는지 조금은 알게 되었습니다.

목요일 아침

2학년 김나연

오늘도 어김없이 찾아 온 목요일
이 날만을 위해 나는
'commitment'가 '약속'이라고
수없이 <u>쓰고</u>
'cancel'이 '취소하다'라고
수없이 말했다.

오늘 나와 만나기로 한 야자 면제권
이 날만을 위해 내가 얼마나 꽃단장을 했는데
그는 나와 약속을 취소했다.

목요일 아침마다 영어 단어 시험을 친다. 반 규칙으로 100점을 받으면 야자 면제권을 받을 수 있다. 나는 야자 면제권을 받기 위해서 최선을 다해서 쓰고 암기한다. 열심히 외우고 자신 있게 시험을 치는데도 꼭 1, 2개씩 틀린다. 너무 쉬운 걸 틀린다. 그럴 때마다 좌절한다.

선생님의 시 읽기

7반에서 단어시험 100점을 맞으면 야자면제권을 준다는 이야기를 전해 들었습니다. 어쩐지 갑자기 미친 듯이(!!) 영어단어 공부를 한다 싶었습니다. 우리 반(8반) 아이들은 7반에 질 수 없다고 7반을 누르고 우리 반이 단어시험 전교 1등을 하면 아이스크림을 내놓으라고 저에게 압력을 넣었습니다. 저들이 공부하겠다는데 뭐, 흔쾌히 승낙했지요.

결과는? 압도적인 10반의 승리. 옆에서 10반 담임(영어 선생님)이 씨익 웃고 있었습니다. 7, 8반은 꼴찌끼리 아름다운 경쟁을 했습니다.

하여간 호들갑 떨면 되는 일도 안 되는 법이지요. 그런 의미에서 아이들에게 줄 아이스크림은 없었습니다. 내심 고마웠습니다. Ego!

나도

2학년 박예림

어른들이 말했다
고등학교 3년만 빡시게 하면 된다고
근데 난 뭘 위해 하란건지
도대체 모르겠다.
누군가는 선생님 할 거래.
또 다른 누군가는 요리사가 될 거래.
내가 잘하는 것 좋아하는 것
아무리 찾아보고 생각해봐도
떠오르질 않는다.
뭔가 하고 싶다고 나도 말하고 싶다.
난 무얼 위해 열심히 할까?
이렇게 또 제자리걸음뿐이다.
그만하고 싶다. 나도 한 발자국 딛고 싶다.

좌절을 생각하다 문득 내가 현재까지 힘들어하고 있던 게 생각이 났다. 나는 예전부터 고민이 많았다. '내가 뭘 하면 좋아할까, 재밌어할까?' 아님 '내가 뭘 하고 싶을까?' 이렇게 많은 고민들을 하면서 멍 때리고 적어보기도 하고 친구들이랑 이야기도 나눠봤다. 하지만 답은 나오질 않았다.

엄마는 무조건 성적만 높이면 내가 나중에 하고 싶은 거 다할 수 있다고 말했다. 맞다. 맞는 말이다. 하지만 목표 의식이 없이 뭔가를 열심히 하기엔 나한테 안 맞는 것 같다. 이런 내 성격 때문에 더 힘든 거 사실이다. 그래서 요즘 들어 나 자신한테 실망을 더 많이 하는 것 같다.

선생님의 시 읽기

좌절하면 역시 진로 고민이지요. 어른들은 보통 '쟤네들은 뭘 몰라. 모르니까 저렇게 놀고 있지.'라고 생각하기 마련입니다. 그런데 놀랍게도 '쟤네들'도 다 압니다. 그런데 잘 안 되는 거지요. 공부를 해야만 하는 이유를 잘 못 찾는 거예요. 하기 싫은 것일수록 그것을 하지 말아야 하는 이유를 찾기 쉬운 반면, 해야 하는 이유는 찾기 어려운 법이지요.

답이라는 게 쉽게 나오는 놈은 아니라서 계속 고민해야겠지요. 고민이 힘들긴 하지만 하지 않는 것보다 낫다고 봅니다. 치열하게 고민하다 그 깊이가 깊어질 때 즈음이면 언젠가 불쑥 고개를 내밀지 않을까 합니다. Ego!

목소리

2학년 김민경

너무나 완벽했던 시나리오.
자신이 있었다.
친구와 함께

하지만 내 목은
기침만 수백 번
친구들의 안쓰러운 눈빛

덕분에 긴장을 했는지
목이 잠겨
목소리가 안으로
숨어버렸다.

결국엔
준비한 만큼
해내지 못했다.

왜 그래?
너 때문에 다
망했어.

어쩔 거야?

사람은 이야기를 할 때 목소리가 참 중요하다. 목소리로 사람을 이끌 수 있는 사람도 있고 목소리로 인기를 끄는 경우도 있다. 만약 자신이 선생님이 되어 학생들에게 가르쳐야 하는 상황이 왔다면 준비 과정도 중요하지만 그 긴 시간 동안 떠들 수 있는 자신감과 당당한 목소리가 중요하다. 근데 왜 하필 그때 감기가 걸렸을까? 아픈 몸보다 잠긴 목이 정말 원망스러운 날이었다.

선생님의 시 읽기

수행평가 때문에 시나리오 열풍이 불고 있습니다. 여기저기에서 광전효과(물리)며 고려의 통치 체제(한국사)에 대해 묻고 답하느라 선생님을 괴롭힙니다. 선생님들은 이거 괜히 했다고, 그냥 내가 가르치는 게 편하다고 아우성입니다. 그래도 잘 준비된 발표를 듣고 나온 표정은 그렇게 좋을 수 없지요.

발표에 자신이 없는 아이들의 경우, 이 수행평가가 꽤 부담이 될 수는 있겠습니다만 그래도 이렇게 실패하고 실수하면서 배우는 게 진짜 공부가 아닐까 생각합니다. Ego!

킥!복싱

2학년 김가현

2주밖에 못 다녔는데
아직 배울 기술이 많은데

킥을 하던 것도 아니고
암바를 하던 것도 아닌데

겨우 스텝이 꼬여
발목 인대가 끊어지다니

병문안 온 관장님을 보니
갑작스레 떠오른 느낌표

아! 아까운 남은 2주의 돈……

아마 그때가 처음이었을 것이다. 수술대 위에 올라가 본 것이. 내가 하고 싶었고, 내가 배우고 싶었던 운동인 킥복싱을 하다가 다쳤기 때문이다.

난 정말 운동을 못한다. 내가 도장에 도착했을 때는 도복을 입은 사람들이 풍차처럼 돌고, 뛰고 있었다. 저질 체력임에도 열심히 따라가기 위해 노력했다. 내가 배우고 싶던 운동이었기 때문이다.

매주 화요일은 체력단련 시간이다. 난 기본적인 운동보다는 기술 배우는 걸 좋아했다. 그래서 화요일은 너무나도 크고 깊은 블랙홀 같았다. 이렇게 힘든 화요일도 버텼는데, 고작 잽을 날리면서 바꾼 스텝에 꼬여 넘어지다니. 정말 자존심 상했다.

아, 2주밖에 못 다녔는데. 남은 돈도 아까워 죽겠다.

선생님의 시 읽기

운동을 잘 하는 사람은 잘 안 다칩니다. 못하는 사람이 다치지요. 킥복싱 챔피언처럼 생긴 이 친구가 운동을 못한다니 의외입니다. 체육대회할 때 유심히 봐야겠습니다.

발을 다쳐 누워있는 와중에도 본전을 생각하다니 놀랍습니다. 하긴 돈에 대한 사람의 집념을 아픔 따위가 막을 수 있을 리가 없지요. Ego!

돈 걱정

2학년 우민지

나는 생각한다.
내가 엄청나게 부푼 돈 덩어리라고
급식비, 방과 후 수업비, 등록금, 버스비
부모님 등골이 휘어지는 소리가 들려온다.
그걸 알면서도 내 욕심은 끝도 없이 넘쳐나서
"엄마 나 친구랑 놀 돈 줘."
"아빠 용돈 더 주면 안 되나?"
내가 이럴 때마다 한숨을 푹 쉬며 내 손에 돈을 쥐어주는 엄마
엄마, 아빠가 힘들 걸 알면서도 돈을 물 쓰듯이 쓰는 나를 보면
답이 없다고 느낀다.
돈이라는 것이
차라리 시험문제처럼 답이 정확히 정해져 있으면 좋겠다.
가끔 돈 걱정 하지 않고 사는 애들을 보면
나도 모르게 부러움의 시선을 주위로 흘린다.

···

우리는 4남매라서 돈이 엄청나게 많이 들어가는데 내가 너무 돈을 막 쓰는 것 같아서 내가 너무 한심하게 느껴진다. 엄마 아빠가 힘들게 일하는 걸 잘 알면서 이러는 내가 싫다. 그런데도 막상 돈을 쓸 일이 생기면 펑펑 써버린다. 이제부터는 내가 쓸 돈은 내가 마련하던가 아니면 돈을 아껴야겠다.

선생님의 시 읽기

좌절하고는 크게 관련이 없어 보이지만 그 솔직함에 감격해서 몇 번이나 보게 된 시입니다. 부모님의 힘든 상황을 뻔히 알면서도 어쩔 수 없이 돈을 요구하고 있는 자신의 모습, 그리고 그 모습이 싫지만 계속 반복하고 있는 자신. 그런 것들이 구체적으로 묘사되어 있어서 시에 빠져들게 됩니다. 특히 '시험문제처럼 답이 정확히 정해져 있으면 좋겠다.'라는 부분이 참 마음에 와 닿습니다. 저 역시 비슷한 경험이 있기 때문이죠. 갑갑하고 답답한 마음. 어떻게 해도 위로가 되지 않는다는 걸 너무 잘 알기에, 좋은 시를 선물해줘서 고맙다는 말로 위로를 대신하렵니다. Ego!

5교시. 성장

다섯 번째 시간은 '성장'에 대한 시를 써보기로 했습니다. '좌절'에 대해서 써봤으니 이제 그것보다 조금 나아가야 한다는 생각이 들었습니다. 그래서 지금까지 살아오면서 자신이 성장했다고 느끼는 순간을 포착해서 시로 써보라고 했지요.

이번 시간에는 이런 질문들을 던져 봤습니다.

1) '성장'이라는 단어와 어울리는 사물은 뭐가 있을까요? 생각나는 대로 써 보세요.
2) 왜 그 사물이 '성장'과 어울리나요?
3) 그중 가장 자신과 어울리는 것을 고르고 그 이유를 쓰세요.
4) '내가 성장했구나.' 하고 생각해본 적이 있나요? 언제였죠?
5) '나는 더 성장해야 하는구나.'라고 생각해본 적이 있나요? 언제였죠?
6) 성장과 관련해서 다른 사람과 비교당한 경험이 있나요? 누구와 비교를 당했죠? 어떤 느낌이었나요?
7) 예전과 달리 성장했다고 생각이 든 대상이 있었나요? 왜 그런 생각이 들었나요?
8) 롤 모델이 있나요? 어떤 면을 닮고 싶죠?
9) 여러분은 어떤 모습으로 성장하고 싶나요?
10) 자신이 성장하고 난 뒤의 모습을 사물에 비유해서 써보세요.

첫 번째 질문과 마지막 질문에 힘을 좀 주었습니다. 지금 즈음이면 비유를 사용하는 재미를 느낄 때도 되었다고 생각했기 때문입니다. 그랬더니 아주 많은 아이들이 '나무', '씨앗', '꽃'과 같은 식물과 성장을 연결시키는 전형적인 비유를 보여줬습니다. 창의성이 심하게 결여된 우리 교육의 현장을 목격했지요.

하지만 이번 수업의 목적이 새롭고 참신한 비유를 들어보는 것이 목적이 아니었기 때문에 그다지 개의치 않았습니다. 오히려 흔히 쓰는 비유를 쓰더라도 자신의 삶을 잘 드러내는 것이 더 중요하다고 했지요. 그랬더니 어설프게나마 구체적인 경험을 중심으로 '성장'이라는 키워드를 사물에 빗대어 표현하려고 노력하는 아이들의 모습을 볼 수 있었습니다.

'성장'에 대해 쓰라고 하면 정신적인 성장에 대해 쓸 것을 기대했습니다만 오히려 신체적으로는 성장했는데 정신적으로는 성장하지 못한 자신의 모습을 그리는 아이들도 많더군요. 제 의도와는 달랐지만 그런 시를 보는 게 재미있어서 그냥 두었습니다.

일반적으로 청소년들이 미숙하고 자기 판단도 못한다고 생각하지요. 그런데 아이들이 쓴 시를 보면 저들도 저들이 무엇이 부족한지를 정확하게 알고 있는 성숙된 존재들입니다. 다만 그걸 극복하려는 노력이 부족할 뿐이지요. 그런데 그런 노력의 부재가 꼭 청소년에게만 국한된 건 아니지 싶습니다. 누가 봐도 어른인 저도 그러니까요.

이 수업을 진행한 후에 나중에 알게 되어 '아, 좀 더 빨리 알았다면.'하고 아쉬워했던 노래가 있습니다. 아이유의 '팔레트'라는 노래인데요. 25살이 된 화자가 예전의 자신의 모습을 돌아보고 현재 변해버린 자신의 모습을 담담하게 그리고 있습니다.

그 담담함이 여유로운 분위기를 연출해서 성장한 화자의 모습을 엿볼 수 있지요. 가사와 함께 노래를 들려준 후 성장에 대한 시를 써보게 하는 것도 재미있을 것 같습니다.

태도의 변화

2학년 김은선

이 일은 이
이 이는 사
이 삼은 육

구구단을 처음 배우던 날
손가락에 발가락 세어 보지만
혹 선생님이 나에게 질문할까
푹 숙인 고개에 눈을 감는다.

미분을 처음 배우던 날
시침과 초침을 재촉해 보지만
혹 선생님이 진도 더 나갈까
푹 숙인 고개에 눈을 감는다.

이 일은 이
이 이는 사
이 삼은 육

···

　어렸을 적 고등학생인 언니가 풀던 수학 문제집을 보다가 영어 공부하는 건가 생각한 적이 있었다. 성장이라 한다면 그 영어 같던 수학을 내가 풀고 있다는 것. 그때마다 시간이 참 빠르구나 하고 느끼는 것 같다. 구구단을 배우던 날, 하나라도 더 외우려고 책에서 눈을 떼지 못하고 손가락도 발가락도 사용하여 수학에 열정적이던 기억이 난다. 그리고 지금 시계로 향한 눈은 책으로 돌아올 생각은 없는지, 선생님이 일찍 마쳐줄 생각은 없는지 눈치만 보며 눈을 감는다.

선생님의 시 읽기

　수학, 너무 어렵지요. 개인적으로는 수학이 좀 더 쉬워졌으면 좋겠는데 이게 참 쉬운 일은 아닌가 봅니다. 천성이 인문쟁이인 저도 학창시절에 수학 때문에 겪었던 고초가 이만저만이 아니었습니다. 사실 과학자를 꿈꾸었던 제가 진로를 틀게 된 것도 결국 수학 때문이었지요. 아, 그놈의 수학.
　'수학시간이 빨리 갔으면.' 하는 생각으로 고개를 숙이고 구구단을 외우고 있는 모습을 상상하니 웃음이 납니다. 수학 선생님이 이 시를 안 보셔야 할 텐데 말이지요. Ego!

반찬

2학년 김정원

내 코만큼 오는 곳에서
내 머리보다 한참 위에서
엄마가 반찬을 주며
"맛있어?" 했다.
항상 높이 있어 올려보기만 했던 엄마를
"엄마 맛있어?"
하며 내가 엄마에게 주고 있다.
"많이 컸네, 우리 딸"
하는 엄마를 보고
괜히 눈시울이 붉어져
애꿎은 반찬만 더 주물럭거렸다.
엄마의 얼굴을 똑바로 쳐다볼 수 없는 날이다.

어릴 때 엄마는 나보다 엄청 컸다. 그때는 엄마가 반찬을 입에 넣어주곤 했는데 이제는 내가 반찬을 해서 엄마에게 먹여주고 저녁도 차리곤 한다. 엄마와 싱크대 앞에 서면 한참 큰 내가 느껴진다. 그리고 내 옆에선 엄마를 이젠 내가 챙겨줄 때가 된 거 같다는 생각이 든다.

선생님의 시 읽기

엄마에게 반찬을 해주는 딸이라니, 이거 모든 엄마, 아빠가 꿈꾸는 이상적인 딸의 모습 아닙니까? 이것만으로 충분히 성장한 거지요. 공부 잘 해서 SKY를 가는 게, 삼성에 취직하는 게 무슨 대숩니까? '많이 컸네, 우리 딸' 하는 어머니의 표정, 안 봐도 눈에 선합니다.

이 시를 보니 세 살배기 우리 딸이 장난감 찻잔에 장난감 주전자로 보이지 않는 커피를 따라주며 "아빠, 커피." 하는 모습이 떠오릅니다. 이놈이 커서 저가 직접 로스팅한 커피를 내려 "아빠, 커피" 하며 건네는 날이 올까요? Ego!

✽ 성장에 관한 시. 3

성장통

2학년 박유정

길다면 길고 짧다면 짧았을 17년
이제와 돌이켜보면
온통 어리광뿐인 17년

나는 어리니까, 학생이니까
두 마디를 평생의 핑계로
그렇게 한없이 속을 썩인 지 17년

머릿속을 지배하는 생각에
그제야 물밀듯 밀려오는 후회

엄마,
나는 이제야 조금씩
새싹이 싹트고 있나봐

··•

    나도 남들처럼 효도를 잘 하는 줄로만 알았다. 오로지 잘한다
는 생각뿐이었다. 평소처럼 학교에서 친구들과 수다를 떨고 있
었다. 친구어머님의 생신이라 하였다. 별 대수롭지 않게 넘겼다.
그런데 친구가 엄마선물을 뭘로 할지 고민하는 것을 보는 순간,
문득 생각이 들었다. 나는 과연 엄마의 생일을 챙겨준 적이 있
었나? 그런데, 그 평범한 생각들이 머리에서 떠나질 않았다. 그
제야 깨달았다. 나는 한 번도 효도를 해본 적이 없다고.

선생님의 시 읽기

    이게 현실적인 딸이겠죠? 친구 생일은 죽어라 챙기면서 엄마
생일은 언제인지도 모르는 무심한 딸. 물론 저도 무척이나 현
실적인 아들 노릇을 하고 있습니다. 이제 곧 다가오는 어머니
생신에는 어머니 좋아하시는 분위기 있는 레스토랑에 가서 근
사하게 식사대접을 해야겠습니다. 근데 어머니 생신이 정확히
언제더라… 음력 생일 챙기기는 너무 어렵네요. Ego!

고개 숙인 이유

2학년 허지영

막 싹을 틔웠을 땐
바람이 불어도 누가 날 밟아도
금방 우뚝 다시 설 수 있었는데

한 해 두 해가 지나고
수많은 바람들에게 부딪히니
바람이 부는 방향대로
그래도 커버렸다

벼가 익을수록 고개를 숙인다는 건
부는 바람 방향 따라
밟히는 흔적이 남아
익숙해진 채로 자라 버린 것일까

···

　성장이라는 단어가 마냥 밝은 이미지만은 아니다. 한 해 두 해가 지나면서 든 생각 중 하나는 '성장하지 않았으면 좋겠다.' 였다. 마냥 해맑고 친구들과 놀기를 좋아했던 나는 어느새 성장이라는 가면을 쓴 꼭두각시가 되어 버렸다. 벼가 익으면 고개를 숙인다는 말은 어쩌면 어느새 그 사회에 익숙해져 자신의 의지가 꺾인 것이 아닐까?

선생님의 시 읽기

　벼는 익을수록 고개를 숙인다는 말이 이런 식으로 변용되어 해석될 수 있으리라고는 생각하지 못했습니다만 시선을 달리해서 해석해보면 충분히 수긍할 수 있는 말이네요. 성장이라는 것은 자기중심적인 세계에서 벗어나서 사회에 자신을 맞추는 것이라고 볼 수도 있으니까요. 인간은 세계와 긴밀하게 연결되어 있기에 그걸 무조건 나쁘다고는 볼 수는 없겠지요. 다만 그 성장의 방향을 어느 쪽으로 맞춰 가는지가 중요하다고 봅니다. 개인적으로 판단하기에 이 아이는 여러 방향으로 발전의 가능성이 엿보이는 친구라서 이 친구의 성장 방향은 어느 쪽일지 궁금합니다. Ego!

화강암

2학년 김서윤

나는 마그마다.
이 깊은 지구의 안에는
나와 같은 마그마가 잔뜩 있다.
내 꿈은 심성암이다.
모든 마그마는 심성암이 되고 싶어 한다.

주위의 마그마가 너무 많이 몰려있어서 뜨겁다.
나와 같은 꿈을 가진 녀석들,
너무 답답하고 뜨거워서 분출구로 도망친다.
나는 그 녀석들처럼 화산암이 되지 않을 것이다.
이 지하 깊은 곳에서
아무도 알아주지 않지만 꾹 참고 견딘다.

얼마나 오랜 시간이 지났을까.
더 이상 내 주위가 뜨겁지 않다.
내 몸이 단단해지고 밝아진 것을 느꼈다.

나는 심성암이다.

···

　지구의 마그마가 굳어져서 만들어진 암석을 화강암이라고
한다. 마그마 표면에서 급하게 굳은 암석은 어두운 색 화산암,
지하 깊은 곳에서 천천히 식어서 밝아진 암석을 심성암이라고
한다. 책에서 처음 봤을 때 얼마나 오랜 시간이 지나야 만들어
지는 돌들이라는 생각이 들었다. 무생물한테 저런 감정이야 없
겠지만 나도 심성암이 되려는 마그마처럼 열심히 살고 싶다.

선생님의 시 읽기

　수업시간에 이 아이가 시를 쓰다 말고 갑자기 지구과학 책을
뒤적거리는 겁니다. 그래서 "문학시간이다. 나중에 봐라."라고
했지요. 저는 그게 지구과학 발표를 준비하는 걸로 봤거든요.
그러자 이 친구는 "그게 아니라..." 하며 자기가 쓰는 시를 보
여줬습니다. '심성암'이라는 게 딱 보였습니다. 곧바로 사과했
지요. 이과생의 시 쓰기란 이런 거구나 싶었습니다. Ego!

제3부

세계에 관한
시 쓰기

- 1교시. 학교
- 2교시. 가정
- 3교시. 자연
- 4교시. 도시

1교시. 학교

세계에 관한 첫 번째 시간은 '학교'를 소재로 시를 쓰는 겁니다. 아무래도 아이들이 가장 많이 접해온 사회가 학교이다 보니 살아 있는 이야기가 가장 많이 나올 수 있겠다 싶었습니다.

이번 시간에는 이런 질문들을 던져 봤습니다.

1) 처음 학교에 입학했을 때 어떤 기분이었지요?
2) 지금 교실에 들어서면 어떤 느낌이 들죠?
3) 마치는 종이 치면 어떤 기분이 드나요?
4) 급식 메뉴는 나에게 어떤 의미인가요? 한 문장으로 정리하고 이유를 써 보세요.
5) 교실에서 가장 애착이 가는 물건이 있습니까? 왜 그렇죠?
6) 학교의 계단은 어떤 느낌을 주나요?
7) 가장 즐거웠거나 기억에 남는 수업시간이 있나요? 왜 그런가요?
8) 학교는 꼭 있어야 하나요? 왜 그렇다고 생각하나요?
9) 학교에서 보는 창밖은 어떤 느낌을 주나요? 혹시 시간마다 다르나요? 그렇다면 어떤 차이가 있죠?
10) 여러분에게 학교는 어떤 의미입니까?

아이들의 시를 보면 시의 소재를 이끌어내기 위한 질문이 참 중요하다는 생각을 하게 됩니다. 질문에 따라서 아이들의 시가 나오는 방향이 어느 정도는 정해지기 때문입니다. 다른 주제에서도 그랬지만 이번 수업에서는 더더욱 그런 경향이 심했는데 아마 다른 주제에 비해서 비교적 구체적인 주제였을 뿐만 아니라 학교에서 다룰 법한 소재를 던져준 질문의 구체성도 한몫을 한 것이 아닐까 합니다. 질문을 건넬 때 좀 더 신중해질 필요가 있다는 생각을 했습니다.

아무래도 급식이나 매점 이야기가 많습니다. 매일 다이어트한다고 말하는 녀석들이 먹는 얘기는 어찌 그리 좋아하는지. (매점 그만 가라고!) 뻔한 얘기지만 역동적으로 그려 재미있는 작품을 써낸 아이들이 많이 보입니다. 우리 학교의 자랑인 다수의 계단에 대해서도 많이들 씁니다. 수많은 계단을 걸어 올라가며 헐떡이는 모습을 생생하게 그려놓은 작품도 많습니다.

학교에 대한 비판은 생각보다 적었습니다. 아무래도 저의 존재가 부담이 되었겠지요. 글을 보면서 내용에 대한 가치판단은 그다지 하지 않는데도 일차적으로 교사가 지켜본다는 시선을 벗어나기는 어렵겠지요. 순간 제가 '빅 브라더'라도 된 느낌이라 겸연쩍었습니다.

유혹

2학년 이효정

6교시 마치는 종이 울리면
청소담당구역으로 뛰어간다.
복도 한쪽 끝에 3명이서 옹기종기 모여
누가 청소기를 밀지 정한다.
가위바위보!
오늘 난 아니다.
기분 좋은 마음에 쓰레기로 가득 찬
봉투를 빙빙 돌리며 소각장으로 간다.
손을 탈탈 털며 돌아오면
유유히 학교를 떠나는 친구들이 있다.
시선이 자연스럽게 그쪽을 따라가
몸까지 따라가려 한다.

청소를 마치고 나면 일찍 집에 가는 친구들이 보인다. 오늘은 힘든 일을 맡지 않아 운이 좋다며 좋아했던 마음이 사라지고, 늦게까지 야자를 해야 한다는 생각에 기운이 빠진다. 부러운 마음에 쳐다보지 않으려 해도 시선이 자연스럽게 밖으로 따라간다. 말도 안 되는 핑계거리로 학교를 빠져볼까 하는 유혹에 휘말린다.

선생님의 시 읽기

솔직히 말하면, 야간 자기주도학습 감독이 있는 날이면 아침부터 힘듭니다. 그러다 창밖으로 일찍 나가시는 선생님들을 보며 나도 모르게 '아, 좋겠다.' 합니다. 일찍 가봐야 할 것도 없는데도 그렇습니다. 교사에게나 학생에게나 학교는 그런 곳인가 봅니다. Ego!

하루살이야

2학년 하진윤

어느새 깜깜한 밤하늘
그새 또
하루가 다갔다.

끝나지 않을 듯 길었던 하루가
교문을 나서면서 바라본 별처럼
하나 둘 멀어져 갔다.

지금쯤 하루살이는 죽었을까
그래도
좋겠다.
후회 없이 하고픈 일 다 했겠지.
혹시
내일이 없는 제 인생을 탓하진 않을까.

근데 하루살이야
내일이 있으면 뭐해
어차피 학교 가는데.

똑같은 일상에 지쳐 정신없이 하루를 보내고 나면 어느 샌가 밤 11시가 되어 깜깜한 교문을 홀로 비추고 있는 가로등 아래를 지나가고 있었다. 나에게는 하나 둘 보이는 별을 바라보며 운동장을 가로질러 가는 게 하루를 마무리하는 습관이 되었다.

그 하루가 나에게는 매번 반복되는 일상이지만 하루살이에게는 바라고 바라던 내일일 수도 있다. 하루살이는 단 하루밖에 살지 못하기 때문에 원 없이 하고픈 일을 다 하였겠지만 그래도 내일을 살 수 있는 나를 부러워할 것이다. 하지만 나는 하루살이가 부럽다. 똑같은 일상에서 벗어나 내일이 부럽지 않도록 하고 싶은 거 다하면서 하루에 모든 걸 헌신해서 살 수 있으니깐 말이다.

선생님의 시 읽기

중학교 2학년 때, 친형 같이 지내던 사촌형에게 '매일이 쳇바퀴 같다. 지겹다.'라고 말한 적이 있습니다. 띠동갑이던 사촌형은 다 알고 있다는 듯 무심한 서울말로 '야, 다들 그래. 지금 나도 그래.'라고 했지요. 지금 생각해보니 형의 말대로 살고 있습니다. 직업이 직업인지라 그다지 스펙터클한 삶을 살고 있다고 보기 어렵지요. 그래도 그다지 반감이 없는 걸 보면 반복되는 삶도 나름대로 적응이 되어 가나봅니다. 이 친구의 꿈은 교사입니다. 동심을 파괴할 수는 없으니 이런 얘기를 직접적으로 이야기하지는 않아야겠습니다. Ego!

3층

2학년 조수아

차타고 약 20분 가다보면
저 멀리 보이는 작은 언덕
그 위로 우뚝 솟은 살구색 건물

벌써부터 한숨난다

연회색 돌계단을 오르면
감긴 눈은 뜰 생각을 않고
종아리는 굵어진다고 아우성인데

옆에서 들리는
이과생들의 야호소리에
아 벌써 2층이구나. 싶다

야,
기하와 벡터 많이 어렵냐
확 전과나 할까보다

노란색 통학차를 타면 한 20분 정도는 눈 붙일 시간이 주어진다. 이어폰을 꺼내고 좋아하는 노래를 들으며 눈을 감으면 이미 학교 앞 도로를 달리고 있다. 20분이 이렇게나 짧은 시간이었나 생각하면서 멀리 보이는 살구색 학교가 눈에 들어찬다. 올라갈 생각에 매일 아침 알게 모르게 한숨을 쉬는데 거기에 문과반은 건물 맨 꼭대기, 3층이다. 신발을 벗고 무거운 가방을 고쳐 잡으며 한발 한발 계단을 오르는데 옆에서 이과생들이 자기들은 다 왔다며 옆으로 쏙 들어가 버리는데 그게 얼마나 부러운지 모른다. 그때마다 전과하고픈 욕구가 솟구치는데 기하와 벡터 때문에 죽어난다는 이과생들의 말에 슬며시 마음을 접어둔 채 매일 아침 약 30개 되는 계단을 더 오른다.

　　그래 뭐, 운동도 되고 좋지.

선생님의 시 읽기

　　우리 학교는 1층은 1학년, 2층은 2학년 이과반, 3층은 2학년 문과반이 씁니다. 그 층수의 차이 때문에 만들어지는 심리적 거리감이 상당합니다. 저도 이과 담임이라서 다행이라 생각이 들 정도니까요.

　　마지막에 '야, 기하와 벡터 많이 어렵냐'라는 시어가 참 재미있습니다. 누구나 공감할 수 있는 말이나 아무나 할 수 없는 빛나는 말이 아닐까 합니다. Ego!

화생방

2학년 김진주

뛰쳐나가고 싶다
숨이 턱턱 막히고 눈앞이 뿌옇다
50분 뒤에야 이곳을 나갈 수 있다
마치 화생방 훈련장 같다
화생방 훈련처럼 정화통이라도 있으면 좋겠건만
정화통도 없이 이 좁은 공간에서
50분을 버텨야 한다
선생님의 수업은 50분 뒤에야 나갈 수 있다는
화생방 조교의 말처럼 들린다.

조용히 고개를 돌려 시계를 보니

하, 이제 15분 지났다.

새학기증후군이란 병이 있다. 새 학기만 되면 생기는 병인데 식은땀이 나고 두렵다. 실제로 생각보다 많은 사람들이 앓고 있다고 한다. 1학년 때도 그렇고 2학년 때도 그렇고 새 학기만 되면 숨이 턱턱 막히고 반에 오래 있을 수가 없었다. 50분이 1년 같이 느껴지기도 했다. 아무도 모르고 아무것도 몰라서 더 그랬던 것 같다. 그래도 지금은 적응이 돼서 그런지 나름 살 만하다.

선생님의 시 읽기

개인적으로 두 번 화생방을 경험했습니다. 그곳에 들어서면 인간의 생명존중사상의 끝을 볼 수 있습니다. 자신의 생명은 소중하지요. 세상에 존재하는 모든 욕을 하고 싶은 생각이 들지만 나오는 침 때문에 할 수 없습니다. 지옥 같은 경험이었지요. 아이들이 그런 지옥을 학교에서 경험하고 있다니, 충격입니다.

요즘 자유학기제도 시행되고 있는데 진짜 화생방 체험 프로그램이 생겼으면 좋겠습니다. 복수심이나 혼 좀 나보라는 심산, 뭐 이런 거 결코(!) 아닙니다... 흐흐흐 Ego!

음운 변동

2학년 손가영

'음운 변동은 말이야
축약 첨가 탈락 교체가 있어'

그중에 첨가에는 사잇소리가
필요하다나 뭐라나
혼자 열심히 떠드는 선생님의 설명에

친구들은
이해를 한 건지 잠이 오는 건지
고개만 끄덕인다.

선생님, 그런 건 잘 모르겠고
방학을 좀 첨가할 순 없나요?
사잇소리 말고 휴식이 좀 필요한 것 같은데

···

학교에서 국어시간에 음운변동 파트를 배웠는데 선생님은
열심히 설명을 하시는데 도통 이해가 안 갔다. 친구들도 이해
를 해서 고개를 끄덕이는 건지 잠이 와서 고개를 끄덕이는 건
지도 모르겠다. 음운 변동에 첨가가 있는데 받침이 없으면 사
잇소리가 필요하다고는 하는데 무슨 소리인지는 도통 이해가
안 간다. 그냥 방학이나 첨가하면 안 되나?

선생님의 시 읽기

이 아이는 제가 가르치는 반 학생입니다. 얼마전 음운변동
수업을 했는데 이해가 안 되나 봅니다. 친절하게 한다고 했는
데 어쩔 수 없지요. 그건 한 번에 이해하기에는 어려운 거긴
하니까요.

근데 뭐 사실 그런 어려운 거 몰라도 발음하는 데 별 문제가
없고, 지금 한국말 잘 쓰고 있잖아요? 음운변동을 이해하는 이
해력 따위 뭣이 중허것습니까? 사잇소리 대신 방학을 첨가한다
는 문학적 위트와 휴식의 필요성을 우회적으로 표현할 줄 아는
인문학적 감수성이 있는데! 이 아이는 나중에 크게 될 겁니다.
암요. Ego!

2교시. 가정

두 번째 시간은 '가정'에 대해 써보기로 했습니다. 누구나 '가족' 하면 떠오르는 아련함이 있지 않습니까? 미안한 마음, 고마운 마음 같은. 그런 마음을 좀 더 구체적으로 표현해주었으면 하는 마음으로 여러 질문을 던져보았습니다.

이번 시간에는 이런 질문들을 던져 봤습니다.

1) 아버지는 어떤 분이지요? 무엇에 비유할 수 있을까요?
2) 어머니는 어떤 분이지요? 무엇에 비유할 수 있을까요?
3) 가장 기억에 남는 부모님의 표정이나 목소리가 있나요? 어떤 상황이었나요?
4) 오빠나 언니, 동생은 나에게 어떤 사람인가요? 무엇에 비유할 수 있을까요?
5) 집에 들어서면 가장 먼저 보는 건 무엇(혹은 누구)인가요? 어떤 느낌이 드나요?
6) 집안의 분위기는 어떤 색이라고 할 수 있을까요? 왜 그런 색이죠?
7) 토요일 아침 일어났을 때, 집에서는 어떤 냄새가 나나요? 그걸 표현해 보세요.
8) 가족들에게 나는 어떤 사람일까요? 어떤 사람(딸, 누나, 언니, 동생)이 되고 싶나요?
9) 가족과 관련된 경험 중 가장 기억에 남는 것 하나만 소개해 주세요.
10) 여러분에게 가족은 어떤 존재입니까?

예상대로 가족에 대한 긍정적인 시각, 그러니까 고마움, 미안함 등을 다룬 시들이 많았습니다. 훈훈해 하면서 읽었습니다. 그 가운데 가끔씩은 가족에 대한 서운함을 솔직하게 드러낸 시도 눈에 띕니다. 항상 잔소리만 하는 아버지와의 서먹함이나 부모님의 기대 때문에 힘들어하는 모습 등을 그린 시도 있습니다. 훈훈함도 좋지만 이런 솔직한 시에 마음이 가는 건 어쩔 수 없습니다. 역시 좋은 시의 조건은 솔직함이겠지요.

이 작품을 쓰기 전에 가수 이승환의 <가족>이라는 노래를 들려줬습니다. 가사를 미리 나눠주고 읽으면서 들어보라고 했는데 너무 예전 노래라서 그런지, 아니면 이승환이라는 가수의 창법이 호불호가 있어서 그런지 반응은 그다지 좋지 않았습니다. 앞선 수업에서 들려줬던 <잘못>은 비교적 괜찮았다고 생각했는데, 조금 아쉬웠습니다. 가족을 다룬 최근의 노래를 조금 더 찾아봐야겠습니다.

아빠는

2학년 박세빈

아빠의 등은 너무 넓어서
언제까지나 넓을 줄만 알았다

아빠의 말은 가볍기만 해서
그 안도 텅텅 비워져 있을 줄 알았다

오랜만에 아빠와 둘이 외출하던 날
항상 주고받던 장난들 사이에
아빠의 무거운 진심이 툭 튀어나왔다.

그리고 그날 이후에서야 보이기 시작했다.
그렇게 크지 않은 아빠의 뒷모습과
그렇게 가볍지만은 않은 아빠의 소리들이.

··•

어릴 때부터 아빠는 항상 나보다 커서 모든 면에서 언제까지나 나보다 클 줄 알았다. 그리고 항상 장난 섞인 말만 하거나 별 이상한 농담들만 해서 아빠의 무거운 면은 없을 줄 알았다. 그러다 고등학교 입학하고 얼마 지나지 않았을 때, 아빠랑 둘이 외출한 적이 있었다. 그날도 평소에 그러는 것처럼 둘이서 장난을 치는데, 갑자기 아빠가 당신의 이야기를 꺼냈다. 좀 무겁고 진지한 이야기였다. 그런 아빠의 모습은 처음 봐서 너무 낯설었고 그 날 이후부터 아빠가 마냥 크게만 느껴지진 않게 되었다.

선생님의 시 읽기

나이가 들어가는 것은 점점 작아지는 부모님의 모습을 감당해나가는 것이라고 하지요. 아버지의 입장에서 보면 이제 딸이 이런저런 속사정을 이야기해도 될 만한 나이가 되었다는 판단이 드신 것이 아닐까 싶네요. 젊은 아버지는 자식 앞에서는 항상 크고만 싶습니다만 나이가 들어감에 따라 불가능하다는 걸 서서히 인정하게 되지요. 그러나 그것을 비극이라 볼 수는 없습니다. 그런 과정을 겪어야 비로소 부모와 자식이 사람과 사람으로 만날 수 있는 게 아닐까요? Ego!

호기심

2학년 송유나

어릴 때 난
궁금한 것도 많았고 호기심도 많았다.
그럴 때마다 짜증 한 번 안내고
묵묵히 들어주고 답변해주던
엄마아빠, 그게 당연한 건 줄 알았는데

다 크고 나서 엄마아빠가
나에게 모르는 걸 물어봤을 때
무슨 심술이 났는지 짜증을 냈다.
나이가 들어도 누구나
호기심은 있을 수 있는 건데

어릴 때부터 궁금한 게 너무 많아서 가족이나 친척들, 주위에서 호기심이 많다고들 하였다. 엉뚱한 질문부터 당황스러운 말들을 많이 했는데 그럴 때마다 웃음을 보이기도 하였고 묵묵히 궁금한 점을 알려주셨다. 어느덧 내가 커서 이제 부모님이 궁금하거나 모르는 걸 물어보신다. 난 부모님처럼 하지 못하고 짜증을 냈다.

선생님의 시 읽기

부모라는 존재에게 아이는 언제나 귀여운, 가능성이 열려 있는, 항상 사랑스러운 존재이지요. 조금 모자라도 채워주면 된다는 한없이 포용적인 마음을 가진 것이 부모가 아닐까요?

그런데 부모님을 보는 자식들의 마음은 안 그렇습니다. 모자라면 모자란다고 작으면 작다고 불만만 가득하고 채울 생각은 하지 않습니다. 항상 죄스러우나 그게 죄라는 걸 알면서도 행동은 변하지 않는 게 더 큰일입니다. Ego!

비밀

2학년 김소연

모르는 척 한다.
나한테 안 알려주니까

봐도 못 본 척
들어도 못 들은 척
알아도 모르는 척

비밀만 쌓여간다.

엄마아빠는 집안 사정에 대해서 말 안 해준다. 이제 고등학생이나 됐는데. 그런 얘기는 하나도 안 한다. 내가 없을 때만 한다. 작은 외삼촌이랑 작은 외숙모가 따로 사는 것도 알고 싫어하는 친척이 있는 것도 안다. 큰 할아버지네와 작은 할아버지네가 싸워서 우리 가족은 두 집을 따로 만나는 것도 안다. 그런데 아무도 얘기 안 해주고 말을 돌리고 그런다. 그래서 나도 하나도 모르는 척한다.

선생님의 시 읽기

18살쯤 되면 알만한 건 웬만하면 아는 나이지요. 사실 부모님도 그걸 모르는 건 아니라고 봅니다. 그런데 안 좋은 건 되도록 자식이 몰랐으면 하는 것이 또 부모 마음이지요.

이청준의 <눈길>이라는 소설을 보면 집안이 몰락하여 집까지 팔아야 했던 처지를 차마 자식에게 보여줄 수 없어 팔았던 집을 빌려 고향에 온 아들과 하룻밤을 보내는 노모의 애잔한 모정을 볼 수 있습니다. 그 작품 속 노모의 마음과 이 시에 등장하는 부모님의 마음이 크게 다르지 않아 보입니다. Ego!

부메랑

2학년 김은주

9년 만에 아빠랑 같이 놀이공원을 갔다.
조금 어색했지만 나름 괜찮았다.

난 아빠한테 무서운 거 잘 탄다고 했다.
아빠가 나한테 부메랑을 타자고 했다.
아빠도 무서운 걸 잘 타나보다.

나 혼자 신나서 웃고 떠들다가
옆을 돌아보았다.

아빠가 눈 질끈 감고
손에 땀이 날 지경으로
손잡이를 부여잡고 있다.

이 시를 읽는 사람들 중 이야기에 공감할 수 있는 사람이 몇 몇 없을 거라 생각한다. 물론 이런 이야기를 생각도 잘 하지 않을 거라는 생각도 든다. 하지만 누군가에게는 이런 이야기도 있다.

누군가가 나를 위해 희생을 해주는 사람이 있다는 걸 알려주고 싶었다. 그것은 바로 가족이다.

선생님의 시 읽기

예전에는 참 놀이기구도 잘 타고, 높은 데서 떨어지는 것도 하고 했는데 요즘은 좀 무섭습니다. 물론 20대에도 무서운 마음이 없는 건 아니었지만 그래도 재미있다는 게 더 컸으니까 번지점프도 할 수 있었던 거였겠지요. 그런데 요즘에는 높은 데가 참 무섭습니다. 놀이기구도 잘 못 타겠더군요. 만약 딸이 같이 타자고 해도 많이 망설여질 것 같습니다. 그래서 더욱 이 시가 마음에 들어오나 봅니다. 딸과 함께 시간을 보내고 싶은 아빠의 마음이 절절하게 다가옵니다. 그 마음이 너무 잘 그려져서 가슴이 뭉클해지네요. 시로 써낸 딸의 마음마저도 말이지요. Ego!

♣ 가정에 관한 시. 5

이해가 필요해

2학년 조희주

입을 맞았다
"요즘 들어 엄마한테 말투가 그게 뭐니!"
"말이 점점 짧아진다?"
치... 엄마도 할머니께 반말하면서
입이 삐죽 튀어나오면
"입 안 잡아넣나!"
툴툴거리며
나도 모르게 나온 입술을
스윽 넣는다

서먹해졌다
엄마는 엄마대로
나는 나대로
30년이라는 한 세대를 이해하기가
너무나도 힘든가 보다

때로는 내가
때로는 엄마가
서먹함을 깨고 말을 건네면
다시 싸우든지
다시 화해하든지

하고 싶어도 참 안되는 게
'이해'라는 녀석이다

엄마랑 종종 싸운다. 요즘은 엄마아빠께 부쩍 말이 짧아졌다는 소리를 듣곤 하는데 그때마다 내가 하는 말은 "엄마도 할머니한테 반말 쓰면서 왜 나한텐 존댓말 쓰라 그래요?"라는 말이다. 먼저 모범을 보이지 않으면서 나에겐 존댓말을 쓰라는 그 말이 내게 반항심을 생기게 했나 보다. 결국은 입을 한 대 맞고 나도 모르게 나온 입술을 항상 집어넣으라는 말을 듣는다. 아무래도 30년이라는 격차가 있다 보니 이런 일 말고도 서로의 생각을 이해하지 못해 싸우는 경우가 많은 것 같다. 한 세대를 넘어서 서로의 입장을 이해한다는 것은 무척 어려운 일이다.

선생님의 시 읽기

세대차 극복의 관건은 사실 어른들에 있다 생각합니다. 자신을 한없이 낮출 줄 알아야겠지요. 그런 의미에서 젊은 세대들과 소통하며 지내는 분들은 모두 초인들입니다. 저는 죽었다 깨어나도 가질 수 없는 능력이지요. 허나 그게 저만 그렇겠습니까? 대부분의 사람은 저와 같을 거라 생각합니다. 자기보다 어린 친구들에게 자신을 낮추는 게 어디 쉽나요? 부모님 역시 마찬가지겠지요. 그러니 너무 서운해 하지 않았으면 좋겠습니다. 나아가 조금만 부모님을 이해해주셨으면 좋겠습니다. 이게 대부분의 어른들이, 아니, 사람들이 살아가는 방식이니까요. 게다가 받아들이기 싫겠지만 여러분도(아마 희주 너도!) 곧 그렇게 살게 될 테니까요. Ego!

3교시. 자연

세 번째 시간은 '자연'에 대해 써보기로 했습니다. 일반적으로 자연에 대해 생각해보라고 하면 그저 좋은 것, 혹은 보호해야 할 것 등 추상적인 말만 나열하게 됩니다. 옆에 있는 것들에 대해 깊은 생각을 하지 않기 때문에 나타나는 현상이라 생각하는데요. 이번 시간에는 자연에 대해 조금 더 깊이, 좀 더 구체적으로 생각해보는 시간을 가져봤습니다.

이번 시간에는 이런 질문들을 던져 봤습니다.

1) '자연' 하면 떠오르는 단어를 5개 이상 써 봅시다. 왜 그런지 이유도 씁니다.
2) 가장 좋아하는 꽃(식물)이 있나요? 왜 그게 좋죠?
3) 좋아하는 동물(곤충)이 있나요? 왜 그게 좋죠?
4) 자연보호 활동을 해 본 적이 있나요? 어떤 느낌이 들던가요?
5) 자연의 파괴로 인한 부작용에 대해서 아는 게 있나요? 지구의 입장에서 어떤 기분이 들까요?
6) 자연과 관련된 영상을 본 적이 있나요? 어떤 느낌이 들던가요?
7) 집 안에 자연물이 있나요? 어떤 게 있나요? 그 자연물 입장에서 여러분을 보면 어떤 느낌일까요?
8) 모래나 흙을 만지면 어떤 느낌이죠? 그 느낌을 표현해보세요.
9) 풀이 잘릴 때 나는 냄새를 맡아 본 적 있나요? 그 냄새를 표현해보세요.
10) 여러분에게 자연은 어떤 의미입니까?

자연에 대한 여러 가지 사연이 담긴 시들이 많이 나왔습니다. 시 속에 담긴 이야기를 읽느라 시간이 가는 줄 몰랐습니다. 자연 보호에 대한 이야기, 자연 속에서 놀았던 이야기, 자연을 보면서 생각했던 여러 생각들이 아주 재미있는 방식으로 담긴 시들이 많았습니다.

우리 학교가 산을 등지고 있다 보니 가끔 본의 아니게 산을 오를 때가 있습니다. 얼마 전 가만히 서 있는 제 옆으로 두더지가 지나가더군요. 아주 신기한 경험이었습니다. 그리고 다시 땅을 보니 두더지가 파낸 자국이 비교적 선명하게 보이더군요. 내려와서 아이들에게 두더지 얘기를 해주니 몇몇 아이들이 두더지를 찍겠다며 휴대폰을 들고 산으로 올라갔습니다. 물론 실패했지요. 두더지는 시끄러우면 안 나오거든요.

두더지 보겠다고 고등학교 2학년 여학생들이 산으로 뛰어올라가는 뒷모습을 보며 퍼뜩 드는 생각이 있었습니다. 자연에 노니는 건 다른 게 아니라 저런 게 아닌가 싶었습니다. 도시에 나고 지금까지 도시에서 살다보니 저 역시 자연을 대할 때는 서툽니다. 좀 더 자연과 친해지면 아이들에게 좀 더 좋은 질문을 던질 수도 있게 되겠지요. 이제부터라도 학교 뒷산에 자주 올라야겠습니다.

새대가리

2학년 여나은

온 가족이 둘러 앉아
여름내 고생했을
할머니 할아버지의 배들을 솎아낸다.

조심스레 속지를 벗겨내면
매끈하고 동그란 자태에 나도 모르게
슥슥 쓰다듬어도 본다.

그런데 가끔가다
하늘 위를 종횡하던 새들이 싼
피똥도 아니고
시뻘건 게 장갑에 묻어나온다.

달달한 열매들을
즈그들만 먹겠다고 숨긴 게지.
근데 또 멍청한 건
그걸 지들이 못 찾아.
그래서 염병할 우리들만 고생인 게야.
어여쁜 우리 배색만 바랬잖여.

열변을 토하시는 할머니 뒤로
가만히 듣고 있던 엄마, 대뜸

그래서 괜히 새대가리 새대가리 하는 게 아녀.

얼마 전, 하동에서 배 농사를 하시는 할머니 댁에 가서 배를 솎는 작업을 한 적이 있다. 수확해 온 배를 박스 안에서 하나씩 꺼내면 기계가 빠져나가는 무게를 측정해 몇 단인지 알려준다. 5단이나 4단은 작은 사이즈, 3단이나 2단 정도면 큰 사이즈에 속한다. 배를 분류하고 나면 속지를 벗겨 다시 박스에 담는데, 깨끗해야 할 배가 붉게 물들어 있는 것이다. 할머니께 여쭤보니, 새들이 먼 나무에서 열매를 따다 배 속지 안에 숨겨둔다는 것이었다. 그런데 그걸 자기들이 찾지 못하고 계속해서 다른 배 속지에 숨겨만 둔다는 것이다. 새들은 참 멍청하다고 생각하다 문득 어제 하다 남겨둔 과제가 생각나지 않는 나를 보았다.

선생님의 시 읽기

학창시절 농활을 갔었던 때가 기억납니다. 마을 이장님이 배 농장을 크게 하고 계셨지요. 배 하나 수확하는 데에도 큰 노력이 들어간다는 걸 배 하나하나에 일본산 신문지를 싸면서 알았습니다. 농산물에는 농민들의 정성이 들어가니 소중하게 생각해야 한다는 걸 아무리 말해봐야 머리론 알아도 마음으로는 와닿지 않는 법이지요. 정성껏 키운 배가 썩은 걸 눈으로 봐야 비로소 그 사실을 깨닫게 됩니다.

이 시를 보니 김준태 시인의 '참깨를 털면서'라는 시가 생각납니다. 근데 이 시가 더 재미있습니다. Ego!

자연에서 자연과

2학년 오수민

외할머니댁 뒤편의 대나무 숲
호기심 많던 어릴 적 나는
작대기 하나 들고 숲으로 들어간다.
푸르디푸른 대나무와
그 사이를 비추는 햇빛

"바스락"
놀라서 숨을 멈추고 소리 나는 곳으로
살금살금 걸어갔다.
그날 난 처음으로 꿩을 보았다.
꼬리가 화려하던 꿩은
여유롭게 걸어 다녔다.

자연 속에서 걷고 있었다.
자연과 함께 걷고 있었다.

외할머니 댁의 뒤쪽에는 대나무 숲이 있었다. 지금은 아무도 안 다녀서 길이 사라졌지만 어렸을 적에는 좁은 길이 있었다. 나는 항상 그 숲에 가고 싶었고 혹시 모르니 작대기를 들고 숲으로 들어갔다. 푸른 대나무에 햇빛이 비춰지는 모습이 정말 예뻤다. 갑자기 무슨 소리가 났고 다가가니까 꿩이 있었다.

선생님의 시 읽기

도시에서 꿩을 보기는 참 힘들지요. 저도 군대에 있을 때 참 많이 봤었는데 전역 후에는 동물원에서나 본 것 같습니다. 아니, 동물원에 꿩이 있었나, 확신은 없네요.

아무튼 꿩을 처음 봤을 때의 충격과 경외를 잘 드러냈습니다. 처음 꿩을 보았던 제 느낌이랑 비슷한 거 같아요. 특히 마지막 대구가 참 감각적으로 보여 눈길이 갑니다. Ego!

바다 속 물고기

2학년 김채린

온통 새까만 옷을 입고
친구들이 위로 올라간다.
장례식이라도 가는 줄 알았는데,
까만 옷을 입었던 친구의
장례 소식이 들려온다.

엄마는 밥 가지러 간대놓고
은색 덩어리, 구멍 뚫린 얇은 막대기
맛없는 것만 가져오다가
위로 올라갔다.

할머니는 갈고리만 피하면
잘 산다 그랬는데,
이제는 다 거짓말이다.

까만 옷 안 입으려고 발버둥치고
맛없는 밥도 먹으면 안 되고
살고 싶으면, 매일 떨어야 해.

갈수록 자연 훼손이 심해진다. 삼림훼손, 토지오염, 대기오염, 해양오염 등등. 그중 해양오염은 바다에 사는 생명들도 많은 피해를 받는다. 석유 유출로 인해 엄청난 수의 바다 생물들이 죽고, 인간들이 바다에 버린 쓰레기들을 먹고 기형이 일어나거나 죽기도 하고, 인간이 쓰레기를 삼킨 물고기들을 먹기도 하며 심지어 쓰레기 섬까지 생겨나기도 했다. 사람들이 지금부터라도 자연보호에 대한 생각을 더 깊게 했으면 좋겠다.

선생님의 시 읽기

몇 년 전 처가가 있는 영도 앞바다에 기름이 유출된 적이 있었지요. 늘 왔다 갔다 하는 산책로 옆에 좌초되어 있는 큰 배, 그리고 그 아래에 출렁이고 있는 검은 기름띠는 소름 돋는 광경이었습니다.

지금은 상황이 좋아져서 영도다리 아래에서 물고기를 낚는 강태공들이 하나둘씩 보이기 시작합니다. 바닷가를 거닐면서 낚싯대를 드리우고 바다를 바라보는 낚시꾼들을 구경하는 것도 재미있습니다.

그러고 보면 이러나저러나 물고기는 참 힘드네요. Ego!

✽ 자연에 관한 시. 4

꽃

사람들은 꽃을 사러가면
화려하고 예쁜 것들만 고른다
무성한 초록색 잎들 사이에
화려하게 빛나는 것들 말이다

사람들은 겉으로 봤을 때
시선을 한 번에 사로잡는
그런 꽃들을 선호한다

자세히 살펴보면
다 아름답게 빛나는 것들인데

···

    나는 꽃집에 들어가면 항상 자신만의 특별한 색을 빛내고 있는 장미나 해바라기 등을 자주 보고 샀었다. 어느 날 엄마랑 같이 꽃집을 갔는데 엄마가 눈에 잘 튀는 색이 아닌 초록색으로 가득 찬 꽃들만 보고 계셨다. 그래서 나도 옆에서 구경했는데 세상에 그렇게 예쁜 꽃은 처음 본 것 같다. 무언가에 홀린 듯 구경하다가 엄마한테 사자고 졸랐던 기억이 새록새록 떠오른다.

선생님의 시 읽기

    개인적으로는 꽃에 대한 로망이나 환상 같은 건 없는 편입니다. 잘 모르면 눈에 잘 띄는 걸 찾기 마련이라 가끔 꽃을 살 일이 있으면 최대한 크고 화려한 걸 삽니다. 이 친구의 어머니가 보면 혀를 찼을 노릇일지도 모르겠네요.

    이 시를 보면서 아이들의 시를 보는 제 태도를 생각했습니다. 혹시나 화려한 시만 찾지는 않았는지 반성해봅니다. 최대한 자제하려 노력하지만. 다시 아이들의 시를 펼쳐봐야겠습니다. Ego!

바보

2학년 정효령

가을이 벌건 얼굴을 띄고
나에게 빠른 속도로 다가온다.
가을이 나에게 화가 났나 보다.

나도 질세라 얼굴을 붉히고
가을을 맞이한다.

여기서 말하는 '나'는 사과이다.

가을은 사과가 좋아서 발그레한 얼굴로 사과에게 적극적으로 다 가가지만 가을의 마음을 알 리가 없는 눈치 없는 사과는 자기에게 화가 난 줄 알고 같이 얼굴을 붉힌다. 바보는 사과, 사과는 맛있어.

선생님의 시 읽기

가을이 자기 몸 붉히며 오면 사과도 자기 몸을 붉히며 화를 낸다는 발상이 참 재미있지요. 시를 처음 봤을 때는 가을에 대한 심도 있는 내포적 의미가 있을 거라 생각하면서 봤는데 '여기서 말하는 나는 사과이다.'에 담긴 순수한 마음에 시를 보는 제 시선을 반성해야 했습니다. 시는 그저 놀이일 뿐인데 그 속에 뭔가 대단한 감상이 있을 거라는 시선. 아, 이 직업병을 고치려면 어느 정도의 시간이 필요할까요? Ego!

4교시. 도시

네 번째 시간은 '도시'에 대해 쓰는 시간을 가져봤습니다. 현재 대한민국 인구의 대부분이 도시에 살고 있지요. 도시에서 나고 자란 아이들이 도시에 대해서 어떻게 생각하고 있는지 궁금했습니다. 도시에 관한 어떤 것이라도 좋으니 자신의 경험을 담은 시를 쓰면 좋겠다고 당부했더니 재미있는 시가 꽤 나왔습니다.

이번 시간에는 이런 질문들을 던져 봤습니다.

1) '도시' 하면 떠오르는 단어를 5개 이상 써 봅시다. 왜 그런지 이유도 씁니다.
2) 여러분이 사는 동네는 도시인가요? 시골인가요? 왜 그렇게 생각하죠?
3) 아파트를 보면 어떤 느낌이 드나요? 왜 그런 느낌이 들죠?
4) 마트나 백화점은 어떤 느낌을 주나요? 왜 그렇지요?
5) 넓은 도로를 볼 때 어떤 느낌이 드나요?
6) 아스팔트의 냄새를 맡아 본 적 있나요? 어떤 느낌인지 표현해 볼까요?
7) 사람들이 많이 모인 도심에 가본 적이 있나요? 어떤 느낌이 나던가요?
8) 도시에 사는 걸 자랑해 본 적 있나요? 혹은 도시에 안 산다고 놀림을 받은 적 있나요?
9) '사람은 서울에 가야 한다.'는 말에 동의하나요? 왜 그런가요?
10) 여러분에게 도시는 어떤 의미입니까?

마산이라는 지역이 참 애매한 지역인가 봅니다. 저는 마산

출신이 아니라 잘 모르지만 여기에서 나고 자란 아이들은 자신의 출생지에 대해 여러 가지 생각을 하는 것 같습니다. 일단 '여기가 도시다, 아니다'라는 의견 자체가 갈립니다. 수업을 시작하면서 여기가 도시라고 생각하는 사람은 손을 들어보라니까 절반 정도만 손을 들더군요. 도시라는 것에 대한 정의가 아이들마다 다른 걸 눈으로 확인하는 것은 참 재미있는 경험이었습니다.

도시에 대한 시선도 각기 다릅니다. 어떤 아이들은 도시의 공기, 환경, 냄새가 싫다는 학생도 있고, 어떤 아이들은 더 큰 도시에 대한 갈망을 드러냅니다. 다양한 내용을 담은 시를 보면서 혼자 킥킥 대며 웃기도 하고 손뼉을 치며 공감하기도 했습니다. 여러모로 재미있는 시간이었지요.

부산에서 나고 자란 입장에서 마산은 촌이라며 소위 '도시부심'을 부리기도 합니다만 자연에 대한 시를 쓸 때보다 훨씬 다양한 이야기가 나오는 아이들의 시를 보니 마산도 도시라는 걸 인정할 수밖에 없지 않나 싶긴 합니다.

대도시 마산

2학년 박민송

새로 알게 된 친구들이
어디 사냐고 물어 본다
마산 산다고 하면 항상
"거기가 어디지?"

자존심 상한다
우리 동네에도 서울처럼
백화점, 아파트, PC방
남부럽지 않게 있을 건 다 있는데

어이없다고 생각 하다가도
어느 샌가 나도 모르게
'마산'이 '창원'으로
'창원'이 '경남'이 된다.

•••

　새롭게 알게 된 친구들이 항상 나에게 어디 사냐고 물어보면 난 항상 떳떳하게 마산에 산다고 답했다. 하지만 그때마다 마산이 어디 있는 지역이냐고 역질문을 당하곤 한다. 나는 마산이라고 하면 대부분의 사람들은 다 알만한 곳이라고 생각했는데 마산은 그저 나에게만 살기 좋은 대도시였나 보다. 그 후 마산이 창원으로 대통합된 후부터 난 항상 창원에 산다고 답한다.

선생님의 시 읽기

　아, 진짜 공감합니다. 저도 역시 같은 경험을 합니다. 뭐, 부산 정도만 되어도 마산을 압니다만 조금만 위로 올라가도 마산의 존재를 잘 알지 못하지요. 가끔씩 서울 쪽 사람들이랑 일을 하는 경우가 있는데 '직장이 어디세요?'라는 말에 저도 모르게 '창원이요.'라고 대답하는 경우가 있습니다. 그들의 인식에서 창원이나 마산이나 모르는 지역인 건 매한가지일 텐데도 말이지요.

　실제로 토박이 마산분들은 자부심이 대단해서 창원시 통합을 아직도 마음에 들어하지 않습니다. 그분들에게 항상 죄송한 마음을 가지며 오늘도 '마산'무학여고에 출근 도장을 찍습니다. Ego!

멍청한 서울 사람들

2학년 정희정

서울 사람들은 멍청하다
식당가서 아빠가 아무리 '땡초'를 달라고 해도
못 알아듣고선
옆 테이블의 '청양고추 주세요.'라는 말 한마디에
아빠가 원하던 '땡초'를 가져다준다
그들이 잘난 척 하는 거 같아 꼴보기 싫다

그들은 멍청하다
언니가 듣는 수업에서는
'곱표 하세요.'라고 교수가 말하면
언니 혼자 '엑스표'를 친다고 한다
곱하기 표시, 엑스 표시
뭐가 다르다고 그러는지
그들이 왠지 언니를 무시하는 거 같아 듣기 싫었다

잘난 척 하는 것도
무시하는 것도, 다 싫은데
근데 난
그런 멍청한 곳에 살고 싶다

난 마산에서 태어나 마산 밖을 벗어나본 적이 없었다. 게다가 경상남도에서 살고 있는 할머니, 할아버지 덕에 사투리를 자연스럽게 쓴다. 처음에는 내가 사투리를 쓰는지도 몰랐고 우리만의 단어를 쓰는지도 몰랐다.

하지만 가족끼리 서울로 놀러가 '땡초'라고 했을 때, 못 알아듣는 그들을 보고 문화충격을 받았다. 그 일이 있고 난 후, 난 마산보다 더 큰 세상이 있다는 것을 깨달았다. 말투도 다른 그들이 재수 없기도 했지만 그런 서울이 부러운 건 어쩔 수 없었다. 나도 언젠가는 재수 없긴 하지만 우리와는 조금 다른 서울에 살고 싶다.

선생님의 시 읽기

저는 경상도 사투리에 대해 강한 자부심을 가지고 있는 사람 중에 하나입니다. 경상도 사투리는 어문학적으로 많은 가치를 가지고 있는 언어이지요. 성조를 그대로 간직하고 있다는 것, 오래전의 어휘를 그대로 사용하고 있는 경우가 많다는 것, 설명의문문과 판정의문문의 어미변화를 유지하고 있다는 것 등 엄청난 학문적 가치를 가진 언어라고 생각합니다.

'땡초'를 못 알아듣는다니 진짜 서울 사람들 반성해야 합니다. 우리는 서울말 다 알아듣는데 말이지요. 진짜 '땡초'를 못 알아듣는지 이번 방학 때는 가족이랑 서울여행 가서 확인해봐야겠습니다.

아, 벌써부터 두근거립니다. Ego!

왜 사람들은 서울로 가는 걸까

2학년 박채린

사람은 나면 서울로 가야 한다더니
별로 뭐 대단한 것도 없더라
온종일 빵빵거리는 소음과
주위를 가득 메우는 잿빛 공기에
숨만 턱턱 막히고

심심할 틈 없이
온 데서 번쩍이는 네온사인들이
화려한 게 그렇게 예쁘다 하더니
딱히 뭐 그렇지도 않더라
깜깜한 늦은 밤에도
블라인드를 뚫고 새어드는 빛 때문에
맘 편히 깊은 잠에 들기 어렵고

그렇게 정신 사나운 불빛들이 주는
한없는 밝음보다
몇 없는 가로등을 따라
하늘이 비춰주는 새하얀 손전등에 의지해
걷던 그 길이 훨씬 아름답다는 걸
왜 아무도 모른 채
그 멀고 힘든 길을 떠나려 하는 걸까
왜 사람들은 서울로 가는 걸까

'말은 제주도로 보내고 사람은 서울로 보내라'라는 말이 있다. 그 때문인지 매우 다수의 사람들이 수도권에 밀집하여 살아간다. 솔직히 서울에 사는 것이 다른 지방 도시에 사는 것보다 일자리도 구하기 쉽고 자신의 꿈을 이룰 기회도 더 많이 접할 수 있다는 건 사실이다. 하지만 새로운 도시의 화려함에 속아 고향의 아름다움과 그 속에서 느낄 수 있는 소소한 행복들까지 잊어버리진 않았으면 좋겠다.

선생님의 시 읽기

주변 친구들이 하나둘씩 서울로 떠났습니다. 소위 말하는 번듯한 직장은 다 서울에 있는지 서울에 진출하면 성공했다고 술한 잔씩 걸치고 했습니다. 직업 특성상 꼼짝없이 지방을 지키고 있는 저에게는 그들이 금의환향할 때마다 나가 맞이할 의무가 있지요.

서울은 집값이 너무 비싸다, 서울은 차가 너무 밀린다, 서울은 사람이 너무 많아 복잡하다, 서울은 너무 춥다, 서울은 공기가 너무 안 좋다, 등등 서울 욕을 실컷 하고는 마지막엔 서울말 밴 억양으로 이렇게 말합니다.

"그래도, 그렇다 하더라도, 서울에서 살고 싶어."

그럴 때마다 세련되고 매력적인 나쁜 여자에게 목을 매는 순진한 총각을 보는 것 같아서 마음이 쓰립니다. Ego!

삼계특별시

2학년 박시현

경남 마산 회원구 내서읍 삼계리
삼계 초등학교
또 삼계 중학교
또 어쩌면 내서 여자 고등학교가
될 뻔했던
마산 무학 여자 고등학교의 나

삼계라 하면
아, 그 촌 이러고들
빠짐없이 놀려댄다

9년간 삼계인으로서 말하겠는데,
이름만 삼계리이고 있을 거 다 있다.
이 바보들아

다시 한 번 말한다.
소 없다.
아침에 닭 울음소리로 안 깬다.
경운기 안 타고 다닌다.

・・・

　무학여고를 다니며 많이 들었던 이야기 중 하나가 "삼계는 촌"이다. 삼계를 아예 모른다는 것과 더불어 삼계도 마산에 속한다는 걸 모른다는 자체가 또 나에겐 충격이었다. 삼계라는 이야기를 할 때마다 놀리는 바보 친구들이 생각나서 이번 시에는 내 서러움이라면 서러움이라고 할 수 있는 우리 집 삼계 이야기를 써 봤다.

선생님의 시 읽기

　아, 이 지역에 대한 자부심. 이런 게 바로 바람직한 지역민의 자세 아니겠습니까? 자기 지역에 대해 잘 모르는 이들에게 '이 바보야'라고 크게 소리칠 수 있는 자신감. 거듭해서 자신의 지역에 대한 자부심을 드러내는 저 당당함. 감동했습니다.

　이 시를 보고 많이 웃었습니다. 공감도 많이 했고요. 저도 부산 출신이지만 워낙 외곽지역이라 모르는 사람이 많거든요. 부산 사람들에게는 '동아대 옆이야.'라고 말하면 대강 알아듣는데, 타 지역 사람들은 동아대 마저도 잘 몰라서 곤란한 적이 한두 번이 아닙니다. 요즘은 그냥 낙동강 옆이라고 말합니다.

　근데 그건 그렇고, 삼계 사람들은 아침에 닭 울음소리로 깨는 거 아니었나요? 동네이름이 '삼계'인데? Ego!

이상하다

2학년 허지영

집으로 가는 발걸음이 왠지 가볍다
선생님과 상담하고 공부 좀 하라는 꾸중을 들었지만
하나도 기억 안 난다
엄마한테 자랑하려고 벌써 입이 근질근질하다

엄마 오늘은 상담을 했는데
내가 창원대가 목표라고 했더니
선생님이 그냥 서울의 대학교 홈페이지를 보여 주시더라
나 좀 괜찮은 녀석인가 봐
사람은 큰물에서 놀아야 한대

이미 어깨가 한껏 올라간 나에 비해
빨래를 걷는 엄마의 표정이 이상하다
걷은 빨래를 개는 엄마의 손이 느려졌다
지영아, 서울 말고 지방 국립대는 어때? 창원대나….

이상하다 이상하다
남들은 서울로 대학 간다고 하면 다들 좋아하던데
아이구 우리 딸내미 대단하네 해 주던데
그냥 창원대를 가야 하나
우리 엄만 참 이상하다

2학년에 올라오기 전, 1학년 학기 말까지 성적이 나오고 담임선생님과 상담을 했다. 자기 자신에 대해서 큰 목표도 없었고 믿음도 없어서 그냥 지방 국립대, 창원대만 가도 좋겠다고 생각했다. 담임선생님이 어디 대학을 가고 싶으냐고 물었을 때 그냥 창원대를 가고 싶다고 했다. 내 말을 들은 선생님의 얼굴 곁엔 물음표가 떠다녔다. 난 처음으로 창원대가 아닌 서울의 유명한 대학교의 홈페이지를 보았다. 상담을 끝내고 '난 생각보다 괜찮은 아이였구나.', '나도 서울로 대학을 갈 수 있구나.'라는 생각에 엄마한테 매우 자랑을 했다. 하지만 엄마의 반응은 덤덤했다. 서울의 대학 말고도 지방 국립대도 괜찮다며 계속 말을 돌렸다. 서울로 대학 갈 수 있다고 말하면 엄청 칭찬받을 줄 알았는데, 엄만 서울에 보내 줄 생각이 없었다. 지금 대학 결정하는 것도 아닌데 칭찬 좀 해 주지, 서운했다.

선생님의 시 읽기

　도시에 대해 쓰라고 했는데 엄마에 대한 서운함을 시로 담았습니다. 이런 시가 더 매력적이죠. 소재를 적절하게 확장해서 솔직하고 진솔한 이야기를 잘 담아내었습니다. 특히 마지막에 혼자 되뇌는 '이상하다 이상하다'라는 부분도 화자를 더 순수하게 만들어주어서 시를 읽는 재미가 있었습니다.

　여러 가지 사정이 있겠지만 지방에 있는 부모님들은 여학생

들을 굳이 다른 지역으로 보내는 것을 선호하지 않는 경향이
아직도 많이 남아 있습니다. 저 역시도 제 딸이 그냥 가까운
대학에 가서 가까운 지역에 자리 잡고 살았으면 하는 바람이
있습니다. 자주 보고 싶을 거 같아요.

아, 세 살밖에 안 된 앤데 너무 멀리 갔네요. Ego!

제4부

장르에 넘나들며
시 쓰기

- 1교시. 사진 보고 시 쓰기
- 2교시. 그림 보고 시 쓰기
- 3교시. 음악 듣고 시 쓰기
- 4교시. 사진 찍고 시 쓰기
- 5교시. 글 읽고 시 쓰기

보충수업 1교시. 사진 보고 시 쓰기

진도와 계획에 맞춰서 살아가는 건 몹시 피곤한 일입니다. 시 쓰기도 예외는 아니겠지요. 그래서 중간 중간에 장르를 넘나들며 시를 쓰는 장치를 마련했지요. 그 첫 번째 시간이 바로 사진을 보고 그와 관련된 이야기를 상상하여 시를 써보는 것이었습니다.

우연히 구경하게 된 최민식 사진전에서 참 많은 걸 배우고 깨달았습니다. 사진으로 사람의 인생을 그려낼 수 있다는 것, 그리고 그의 인생을 사진으로 다시 재구성함으로써 사진을 바라보는 사람의 인생, 더 나아가 우리의 사회를 다시 돌아볼 수 있는 기회를 던져준다는 것. 이런 건 문학이 가진 힘과 크게 달라 보이지 않았지요. 사진과 문학이 만날 수 있는 기회일 수 있겠다 싶었습니다.

그래서 아이들에게 최민식 작가의 사진 몇 장을 보여주고 하나를 골라 그와 관련된 이야기를 상상해보고 시를 써 보라고 했습니다. 사진에 제목도 달아보라고 했지요. 강조한 것이 있는데, 절대 사진을 설명하지 말고 사진과 관련된 이야기를 상상하라는 것이었습니다. 독자에게 사진을 보여줄 텐데 이미 사진을 본 사람에게 굳이 글로 설명하는 게 무슨 의미가 있냐며 사진을 바탕으로 이야기를 상상해서 쓰라고 거듭 강조했지요. 그랬더니 거기에서 수많은 이야기가 쏟아져 나왔습니다. 그걸 보는 재미가 쏠쏠했습니다.

(저작권 문제로 사진을 실을 수 없습니다. 사진과 보면 좋을 텐데 하는 아쉬움으로 사진에 대한 설명을 덧붙여 놓았습니다. 검색창에 '최민식 사진'을 검색해서 관련 사진을 보시면서 시를 읽으면 사진을 감상하는 맛이 더해질 수 있습니다. 관심이 생기신다면 이 책을 들고 부산 서구에 위치한 최민식갤러리에 들르시는 것을 추천합니다.)

어머니를 위한 콘서트

2학년 박시현

나는 이거라도 해야 한다.
내 어머니는 그렇게도 나를 버리지 않았다.
눈앞에
어둠뿐인 나에게
어머니는 유일한 삶의 이정표다.
맹인이 무슨 기타를 치냐고 비웃어도
내 어머니는
그렇게도 잘했다며 손뼉 치셨다.
나는 이렇게라도 해야 한다.

상상해보기

태어날 때부터 시각 장애를 앓았지만 피나는 노력과 어머니의 지지로 기타 연주를 배우게 됐다. 하지만 어머니 혼자 가계를 꾸려나가는 형편에 음악을 하기는 애초부터 무리였다는 걸 그는 알고 있었다. 더구나 갑자기 찾아온 병세로 어머니는 병원에 입원하게 되고 치료비를 위해 하나뿐인 기타를 팔아야 했다. 그러나 턱없이 부족한 병원비를 내기 위해 맹인은 거리로 나섰다. 나뭇조각으로 작은 기타도 만들었다. 오늘도 그는 기타를 치며 어머니의 치료비를 모은다.

사진설명: 낡은 옷을 입은 남자가 눈을 감고 나무로 직접 만든 듯한 기타를 치고 있음.

손자에게

2학년 정다솜

배 마이 고프제, 마이 아프제.
이제 할매가 안고 있으니께 걱정 말그라.
내 손자 한 번 안아보자.
할매가 이럴 때만 안아주서 미안하다.

배고파 굶어 죽기 직전에만 먹여주고
어디 한 군데 병들어 아파 죽기 직전에만
안아주서 미안하다.

마이 춥제.
할매는 안 추우니께 이거 덮그라.
할매가 꼭 안고 있으니께 걱정 말그라.

상상해보기

먹을 것이 없어 며칠째 아픈 손자가 굶자 할머니가 길바닥에서 '소년을 보호하자'라는 표지판을 세워두고 지나가는 사람들에게 우리 손자를 보호해달라고 도움을 요청한다. 손자뿐만 아니라 할머니도 며칠째 아무것도 먹지 못했는데 손자를 먼저 챙기고 있는 것이다.

사진설명: '소년을 보호하자'라는 팻말 옆에서 쓰러진 한 아이를 두건을 쓴 여성이 보듬고 있음.

마지막 밤

2학년 김송이

어둠 속에
외롭게 굽은
하나의 뒷모습이 보인다.

주름 하나 없이
펴 논 이불 위에
살포시 꿇어 앉아
읊조린다.

양반, 곧 갈 테니
마중 나와 주소.

•••

상상해보기

한 마을에 90년 넘도록 사신 할머니가 계신다. 어린 나이에 일찍 시집을 가 남편이랑 금실 좋다고 소문이 자자했다. 행복하게 살다가 남편이 사고로 세상을 떠나 버리고 말았다. 아들은 도시로 가버리고, 아무도 돌아오지 않는 집에서 힘없이 살아갔다. 시간이 흐르고 할머니는 이제 오늘이 마지막이란 것을 예감하고 조용히 기도하고 아무런 미련 없이 눈을 감으셨다.

사진설명: 얼굴에 주름이 진 노인이 두 손을 모아 기도하고 있음.

어머니에게

2학년 임가영

오늘도
거적대기 걸치고 부직포 매고
투박한 손 끝엔 줄기타 움켜쥐고
노래 한 자락 구슬피 뽑아봅니다.

너들한 줄을 다시 매고치고
가까스로 가라앉힌 시선으로
목을 가다듬어 봅니다.

눈을 뜨면 사람들이 수군댑니다.
눈을 감으면 어머니가 방긋이 웃어줍니다.
어머니의 입모양을 바라보며
이내 나도 따라해 봅니다.

어머니
제 곁엔 자박거리는 발걸음이 있어
노래의 박자가 맞추어집니다.

어머니
제게는 하나뿐인 노래가 있어
더는 외롭지 않습니다.

•••

상상해보기

텅 빈 길가 한가운데 추적거리는 날씨에도 두 눈을 감은 채 못 다 한 꿈을 마저 이뤄내는 한 남성이 있다. 가진 것도 없고 말 하나 붙여볼 상대조차 없다. 자신의 곁을 유일하게 지켜주고 있는 기타를 매고 가만히 가사를 읊어본다. 어릴 적 어머니가 마지막으로 들려준 노래 하나만을 입이 마를 정도로 불러보며 어머니를 위해 이 남자는 오늘도 노래를 부른다.

사진설명: 낡은 옷을 입은 남자가 눈을 감고 나무로 직접 만든 듯한 기타를 치고 있음.

기다림

2학년 여나은

칼바람 불어오는 이곳에서
오시지 않는 그분을 기다린 지도
어느덧 다섯 밤이나 지났다.

아마도 저 강 건너에 있는 것 같은데
돌부리에 올라타고
네 발로 힘껏 도움닫기를 해보아도
내 작은 몸뚱이로는 반대쪽조차 보이지 않았다.

오늘도 그저 그렇게
기다리고만 있는데
조그마한 사내아이가 사납게 뛰어오더니
대뜸 말을 건다.
혼자 뭐라 중얼이더니
이번엔 대뜸 나를 들쳐 업는다.

그제야 조금씩 보이기 시작했다.
사람들과 살아갈 때 함께 있던 연기들.
저 지붕들 사이에
언젠가 내가 들어갈 작은 집이

하나쯤은 만들어지고 있지 않을까.

저 사이에서 어쩌면
나를 향해 오는 발걸음이
가까워지고 있진 않을까.

상상해보기

슬슬 쌀쌀해지기 시작한 11월 초, 4살배기 꼬마아이 지철이는 엄마 손을 잡고 나란히 집에 가는 중이다. 집에 가면 자신을 반겨줄 쌀 튀밥 생각에 저절로 콧노래가 나오는 지철이. 꽃무늬 잠옷을 입고 나온 아이의 사뿐한 발걸음이 귀엽게 보이는 엄마는 괜스레 입꼬리가 올라간다. 하지만 그것도 잠시, 논두렁 밑에서 들려오는 끼잉-낑 소리는 지철이와 엄마의 발걸음을 멈추게 만들었다. 한눈에 봐도 꼬질꼬질해 보이는 그 강아지는 어딘가 불안한지 강가 앞을 정처 없이 빙빙 돌고 있었다. "엄마, 저 강아지가 강을 건너고 싶나 봐요." 강아지를 주시하던 지철이는 엄마에게 말했다. "그러게, 저 강 건너에 보고 싶은 것이 있나 봐." 곰곰이 생각하던 지철이는 결심을 한 듯 엄마에게 말했다. "제가 도와줄래요." 엄마가 말릴 새도 없이 지철이는 논두렁 밑으로 와다다 내려가 버렸다. "지철아 쌀 튀밥은!" "나중에요!" 순식간에 강아지에게 다가간 지철이는 강아지에게 말을 걸었다. "너, 저기 가고 싶지?" 강아지는 불안한 듯 몸을 벌벌 떨고 있었다. "내가 도와줄 게." 지철이는 강아지를 들쳐 업었다. 물론 휘청거리며 말이다. 겨우 중심을 잡은 지철이는 뿌듯한 표정을 지으며 강아지에게 말을 붙였다. "보여? 내가 저기까지 데려다주진 못하지만 저쪽이 보이긴 할 거야." 강아지를 들쳐 업은 지철이의 모습은 또 한 번 엄마의 입꼬리를 올라가게 만들었다.

사진설명: 한 아이가 물가에서 자기 몸만 한 강아지를 업고 있는 뒷모습이 담겨 있음.

보충수업 2교시. 그림 보고 시 쓰기

두 번째 시간은 그림을 보고 그 그림과 관련된 이야기와 시를 쓰는 시간을 가져봤습니다. 평소 그림 감상이라는 것과는 거리가 먼 삶을 사는 아이들에게 그림 감상의 기회를 제공해주는 취지였는데 그림을 준비하면서 저도 나름 그림공부도 할 수 있고 해서 좋았습니다.

일단은 우리나라 미술계의 거장 이중섭과 박수근 화백의 그림을 몇 작품 가져와서 보여줬습니다. 1학년 때 박완서의 <나목>을 배운 터라 박수근 화백의 그림을 보여주니 '아~' 하는 탄성이 나왔습니다. 그리고 이 두 화백의 그림이 지금은 60억 원쯤 하는데 앞으로 더 오를 거니까 여유가 있는 아이들은 하나쯤 사두는 것도 좋을 것 같다고 이야기했지요. 그럼 아이들은 집중해서 봅니다.

마지막으로 제가 개인적으로 좋아하는 빈센트 반 고흐의 그림을 두 점 소개했습니다. 이 작품은 지금 약 1,000억 원 정도 하는데 조금 무리가 있지만 사두면 좋지 않겠냐고 했더니 앞선 두 화백의 그림보다 더 열심히 봅니다.

그림에 대한 배경지식을 전혀 제공하지 않았더니 어떤 아이들은 그림의 제목과 전혀 관련이 없이 자신의 느낌대로 이야기와 시를 쓰기도 합니다. 그걸 구경하는 것도 재미있었습니다.

꿈속에서

- 이중섭의 〈가족과 비둘기〉을 보고

2학년 장유나

지독했던 전쟁이 끝난 뒤
그다지도 가지고 싶었던 잠자리가 무서운 악몽으로 바뀌었다.
아침마다 집 앞을 쓸며 노래를 흥얼거리던 옆집 할머니,
지나가는 사람마다 붙잡고 수다를 떠시던 뒷집 아주머니,
술을 입에 달고 살아 아내에게 구박만 받던 앞집 아저씨도
목과 팔다리가 잘려 한데 뒤엉킨 채로 울부짖는다.
'내가 무슨 죄를 지었길래' '아이고 억울해라'
'이 천벌 받을 놈들'

아수라장이 되어버린 꿈속에서 하얀색 비둘기가 날아와
내 주변을 빙빙 돌다가 옆에 앉는다.

"네 탓이 아니야."

돌아가신 어머니의 따뜻한 음성에
흉측한 시체들과 흥건한 피는 사라진다.

상상해보기

전쟁에서 혼자 살아남았다는 죄책감 때문에 매일 밤 악몽을 꾼다. 꿈속에는 한때는 가족처럼 지내던 이웃들이 목과 팔다리가 잘린 채로 울고 있다. 아비규환의 현장에서 하얀 비둘기가 날아와 돌아가신 어머니의 목소리로 네 탓이 아니라며 속삭인다.

아를

- 빈센트 반 고흐의 〈아를의 별이 빛나는 밤에〉를 보고

2학년 한지은

정든 고향을 떠나 너에게 왔다
너무 오랫동안 보아왔던 곳이라 떠나왔는데
그리운 건 어째서인지
그런 나를 두고 토닥이는 것은 너였다

어두컴컴한 그림자가 미련스레 발끝에 매달리고
고요한 밤에 뒤척이고
낯섦에 한걸음 뒤로 가면

반짝, 빛나는 손으로 털어 내어주고
출렁, 퍼지는 느릿한 소리로 속삭이고
촤륵, 두세걸음 다가오는데

첫만남에 하지 못했던 말을 그제야 꺼내본다

안녕, 아를.

．．．

상상해보기

아내와 함께 아를로 이사 온 지 첫날. 듣던 대로 너무나 아름다운 도시에 감탄하기도 잠시, 낯선 땅이라는 들뜬 마음과 동시에 드는 고향땅에 대한 미련과 낯선 곳에서의 긴장감. 그에 조금 지칠 즈음 해가 지기 시작하고, 상점가에서 이사한 집으로 돌아가는 길에 넓은 호수가 보인다. 하늘에 뜬 별이 도시를 등보다 더 밝게 비추고, 반짝이는 호수의 물결이 자신에게 밀려오는 듯하다. 홀린 듯 그 풍경을 바라보다 들려오는 거리의 떠들썩한 소리와 배가 출렁이는 소리, 그리고 보이는 모든 풍경이 자신을 환영하는 인사 같아서 무심코 안녕, 하고 작게 말해본다.

밤과 조명과 카페테라스

- 빈센트 반 고흐의 〈밤의 카페 테라스〉를 보고

2학년 감유진

검은 밤에 펼쳐진 하얀 별들
나는 그런 밤하늘 아래에 살아가는 검은 사람.
밤하늘의 하얀 별을 품을 수만 있다면
나도 하얀 사람이 될 수 있을까.

닿을 듯 닿지 않는 하얀 별에 손짓하다
가까이에 있는 하얀 조명이 나를 찾아왔어.
하얀 조명 아래의 황금빛 카페테라스.
그곳에 앉아있으면 나도 하얀 사람이 될 수 있을까.

검은 밤과, 하얀 별
그 아래에 있는 하얀 조명과
그 아래의 황금빛 카페테라스
나는 그 아래에 있는 다색(多色)의 사람.

· · ·

상상해보기

오늘도 터벅터벅. 삶에 지쳐있는 '나'는 집을 향해 걸어간다. 오늘따라 밤하늘이 유난히 예쁜 것 같다. 점점 어두워져가는 자신에 비해 밤하늘의 빛은 찬란하게 빛나니, 자신과 대조되는 것 같은 기분에 밤하늘을 멍하니 쳐다본다. 이런 밤을 조금이나마 느껴보고자 하얀빛이 비추고 있는 황금빛의 카페테라스에 앉아 밤하늘을 바라본다.

별이 될 게

- 빈센트 반 고흐의 〈아를의 별이 빛나는 밤에〉를 보고

2학년 장윤서

어느새 이 징글징글한 노인네랑도 함께한 지 60년이구려.
함께 산 지 엊그제 같구먼 벌써 죽는다고 헛소리를 합니꺼.
그래도 죽기 전에 좋은 기억 하나는 들고 가야지.
할배는 어디로 가는 기 좋소.
우리 처음 같이 갔던 데로 가소.
우리가 봤던 게 어찌 이리 하나도 없을꼬.
유일하게 그대로인 게 할배 하나뿐이요.
해주는 말도 그대로면 좋으련만,
왜 별을 따다주겠단 사람이 별이 되어서 지키준다캅니꺼.

상상해보기

60년 된 노부부가 있다. 할아버지는 죽을 날을 앞에 두고 있다. 그리하여 그들은 신혼여행으로 갔던 곳으로 죽기 전에 한번 가보자고 하여 지금 여기로 왔다. 60년 전이랑 주변 풍경이 너무나도 바뀌어있다. 심지어 60년 전에 봤던 무수히 많은 별들도 없다. 유일하게 바뀌지 않은 것은 옆에 있는 서로이다. 하늘에 떠 있는 별을 보고 60년 전 남편은 저 별을 따다준다고 하였지만 지금의 남편은 저 별이 되어 준다고 한다. 그리고 그 후 서로에게 기대있던 어깨에 눈물이 흘렀다.

고백

– 박수근의 〈귀로(歸路)〉를 보고

2학년 여나은

떨어질랑, 말랑.
간신히 초가집 지붕 위에 걸터앉은 해는
마지막 빛을
텅 빈 바구니에 쏟아냈다.

빨간 것이
잘도 매달려 있네.
아이고,
오늘은 웬
거지같은 여편네가
글쎄 떡을 공짜로 달라지 뭐냐.
마음 같아선
침이라도 확 뱉어주고 싶었는데
그 여편네 등에 잠들어있는 그것이,
우리 막둥이를 그냥
아주 똑 닮았더라고.
안 줄 수가 없었지.
실은
이런 적이 몇 번,
사실 좀 자주 있었는데

괜찮겠지?
암것도 모르는 우리 아이들한테 말 안 해줘도
아무 탈 안나겠지?

글씨 바구니를 다 못 비우는 것보다야
이쪽 편이 더 낫지 않겠어?

‥●●

상상해보기

여인은 오늘도 집을 나선다. 큰 딸이 기워준 저고리를 입고, 남편이 시장 통에서 사다준 고무신을 신고, 마을 두 개를 지나 막내아들이 좋아하는 떡을 팔러 나선다. 워낙 많은 떡의 양 덕에 목은 거북이마냥 툭 튀어 나오고 혹여나 떡이 쏟아질까 바구니를 꽉 움켜진 손은 투박하기 짝이 없다.

하지만 여인은 오늘도 행복하다. 반나절 이상이 흘러도 떡을 다 비워내고 집으로 돌아가는 길에는 작은 누나 손을 잡고 방방 뛰고 있을 막내아들이 눈에 아른거린다. 이제 조금만 가면 된다. 이 마을만 지나면, 우리 왈가닥 아가씨, 버선발로 뛰쳐나와 깔끔히 비워진 바구니보고 온 동네방네 소리치는 모습, 눈에 선하다.

보충수업 3교시. 음악 듣고 시 쓰기

세 번째 시간에는 음악을 듣고 시를 쓰는 활동을 해보았습니다. 처음에는 클래식을 들려주려다가 제가 너무 재미가 없을 거 같아서 가요로 바꾸었습니다. 일단 교사가 재미있어야지 않겠습니까?

이승환이라는 가수의 <잘못>이라는 노래를 들려줘 봤습니다. 물론 제가 이승환의 오랜 팬이라 사심이 들어가기도 했다는 걸 인정하지 않을 수 없지만 무엇보다 이 아이들이 태어난 시기에 나온 노래(2001년)의 감성을 2017년을 살아가는 이 아이들이 공감할 수 있을지가 너무 궁금했지요. 그래서 과감하게 넣어봤습니다.

결과적으로는... 괜히 사랑노래를 했나 싶었습니다. 아이들이 사랑경험이 없다보니 가사에 대해서는 깊이 있게 다가가지 못하는 것 같았습니다. 그냥 가사가 없는 음악을 들려주고 느낌을 담아 시를 써보라고 하는 게 더 좋은 시가 나올 수 있었겠다 싶긴 했습니다. 그래도 수업시간에 제가 좋아하는 노래를 들으니까 좋긴 하더군요. 혼자 힐링했습니다.

여담입니다만 이 수업을 진행할 때 유독 이 노래에 좋은 반응을 보인 반이 있었습니다. 다음 시간에 들어가니 일주일간 이승환 노래에 빠져 있었다며, 자신들의 플레이 리스트를 이승환 노래로 채웠다며 즐거워했습니다. 수업목표 달성은 실패했지만 세상에 나온 지 16년이 된 노래의 감성이 지금 아이들의 감성과 맞닿고 있는 걸 보니 괜히 마음이 뿌듯해졌습니다.

성공입니다. 승환이 형님!

사랑이라는 말을 접어놓으니 이렇게 우리 웃는 걸
하지만 너를 보지 않고 있으면 울고 싶어 너무
끝을 알아채 버린 난 참 슬퍼

비겁한 내가 부끄럽고 불쌍해 이런 날 넌 믿다니
나 아니면 그 누구도 해 줄 수 없는 마음들로 채우고 떠날게

안녕 안녕 나 없어도 되니? 아플 때는 꼭 내게 연락해
미안 미안 나쁘지 내가... 고마운 너를 지키지 못하고

그대 이후 누구도 그대일 수는 없음을 잘 알기에
눈물이 창피하게 자꾸 고여서 고갤 들어 참고 참았지

알아 알아 너 없음 난 아냐 근데 우리 왜 헤어질 거지
너무 너무 나쁘지 나는
결국엔 내가 더 힘들 거면서

내게서 가장 큰 위안은 너의 등 뒤에 있지
편치 않은 난 이제

안녕 안녕 나 없어도 되니 아플 때는 꼭 내게 연락해
미안 미안 나쁘지 내가 고마운 널
알아 알아 너 없음 난 아냐 근데 우리 왜 헤어질 거지
너무 너무 나쁘지 나는
결국엔 내가 더 힘들 거면서

이승환, 〈잘못〉(2001, 이승환 7집 Egg: Sunny Side-Up)

알아

2학년 권새론

알아 아무말 할 수 없는 널
알아 더 이상 다가오지 않는 널
알아 붉어진 눈을 계속 깜박이는 널

너무 많은 것을 알아 버렸나봐
너무 큰 것을 가지려고 했나봐
너무 무거운 짐을 지려 했나봐

하지만 모른 척 할래
뒤돌지 않을 거야
울지도 않을 거야

알아 알아 하지만 모른척 할래

••●

헤어지는 상황에서 헤어지자고 말하는 남자와 여자 중 여자를 화자로 시를 썼다. 여자는 남자가 자신의 잘못 때문에 선택을 한 것을 알고 남자의 미안한 마음과 잡고 싶은 마음을 알지만, 더 이상 서로를 힘들게 하고 싶지 않아서 잡고 싶은 마음을 뒤로 한 채 남자의 마음을 모르는 척하며 남자를 보내준다.

선생님의 시 읽기

노래 가사를 적절하게 이용해서 잘 썼습니다. '알아, 알아'라는 가사가 참 애절하게 들리는 노래인데 그걸 잘 살려서 시에 녹여내었습니다. 문득 예전의 이별 경험을 떠오르게 하는 시입니다. Ego!

넋두리

2학년 김미주

자냐, 이놈아

달빛이 청명하고 풀벌레 소리 그윽한데
왜 자질 않고 이리 죽을 상이냐
빠르게 흐르는 것이 내 세월인가 했더니
누런 털은 언제 이렇게 거칠어졌는고
말도 못하는 짐승 새끼 멋대로 데려와선
낮엔 종일 뙤약볕 아래 일만 시키고
밤엔 쉬지도 못하게 홀아비 한탄이나 듣게 하다
이제는 또 마음대로 팔아버린다 하니
지랄 맞은 주인 만난 니 팔자도 보통 팔자는 아니구나

내일 아침 일찍이 황씨가 올 터이니
그만 자라, 이놈아

자식도 없고 아내마저 일찍이 보낸 홀아비의 유일한 말동무는 몇 년째 같이 밭을 갈아온 황소, 누렁이밖에 없었다. 누렁이가 하는 일이라곤 낮에는 주인을 따라 뙤약볕 아래서 묵묵히 밭을 갈고 밤에는 큰 눈을 느리게 꿈뻑이며 주인의 넋두리를 들어주는 것밖에 없었지만, 시간이 지날수록 그들만의 유대감을 만들고 서로에게 의지하며 살아가고 있었다. 그러다 주인은 나이를 먹고 쇠약해진 몸으로 밭일을 하다 그만 크게 다치고 만다. 나이도 나이인지라 누렁이와 밭을 갈며 홀로 살 수 있는 날이 얼마 남지 않았다고 느낀 주인은 누렁이를 황씨네 집에 보내기로 마음먹는다. 누렁이가 떠나기 전날 밤, 쉽게 잠에 들지 못하던 주인은 누렁이를 보러 갔지만 똑같이 자지 않고 있던 누렁이와 마주하고 마지막 넋두리를 한다.

선생님의 시 읽기

이 시를 보고 '이야, <잘못>을 듣고 이런 상상을 하지?'라는 생각을 했습니다. 이 노래의 뮤직비디오는 로봇과 사람 사이의 관계가 중심입니다. 그걸 보여준 후에 남녀사이에 국한하지 말고 확장시키면 더 좋을 것 같다고 했었는데 이렇게까지 할 줄은 생각도 못했습니다. 무려 사람과 소의 감정교류를 다룬 시라니... 이 친구의 상상력에 많이 놀랐습니다. Ego!

잘못

2학년 황정현

당신이 불그레한 볼에 연지곤지 찍고
내게 시집온 지 딱 1년 되는 날입니다.
당신은 웃음이 참 많은 사람이었습니다.
빈손으로 들어오는 날이 많아도
늘 고운 웃음으로 반겨주고
겨울날 솜이불 하나 없어도
눈을 곱게 접어 웃으며 내 손 잡아주고
당신은 이렇게 잘 웃는데
그날은 왜 그렇게 울던지...
기차에 올라타며 금방 돌아올 거라
우는 당신을 쳐다보지 않았습니다.
못난 나는 이제야 후회합니다.
내가 있는 이곳은
화약 냄새가 날이 갈수록 심해집니다.

당신 내 없어도 웃으며 잘 계실거지요?

···

    남자와 여자는 조그만 마을에 작년 날이 좋았던 이맘때쯤 살림을 차렸다. 둘은 풍족하진 않았지만 소소한 행복에 만족하며 살았다. 하지만 남자는 얼마 되지 않아 징용에 끌려 나갔고, 여자는 혼자 남았다.

    매일 생사가 오가는 그곳에선 남자는 안 하던 기도를 매일 밤 한다. 아내가 오늘도 울지 않고, 다치는 곳 없이 잘 지냈으면 좋겠다고... 그 고왔던 웃음을 지으며 행복한 나날들을 보내고 있었으면 좋겠다고... 오늘도 어김없이 기도를 하던 남자는 편지를 쓰기 시작한다. 닿지 못할 편지를.

선생님의 시 읽기

    노래가사가 어쩔 수 없이 연인을 보내는 내용이지요. 이걸 잘 변용하고 서사를 만들어서 배경으로 만들어놓으니 멋진 작품으로 탄생했습니다. 전쟁터에서 펜에 침을 묻혀가며 아내에게 보낼 편지를 쓰는 젊은 남편의 애절한 마음을 생각하니 가슴이 미어질 듯 아픕니다. Ego!

난 닭이다.

2학년 김도연

아침마다 줄어드는
내 친구들의 울음소리
매일 저녁 들리는
내 친구들의 비명소리
내가 힘겹게 낳은
알 깨보지도 못한 자식
눈앞에서 데려가도
아무것도 할 수 없이
내 차례만 기다릴 뿐

내가 닭을 엄청 좋아해서 많이 먹는데 그 먹기 전 과정에서 닭의 죽음과 이별에 대해 생각해보게 되었다. 내가 닭의 입장이 되어보니 정말 괴롭고 무서울 것 같다는 생각이 들었다. 하지만 닭은 너무 맛있어서 앞으로도 계속 먹는 걸 멈출 순 없을 것 같다.

선생님의 시 읽기

삶의 주체성을 잃어버린 한 존재의 고뇌, 그리고 사회구성원으로서 역할을 거부당한 한 존재의 자아 상실을 담담하게 그린 작품....이라고 멋있게 포장하지 않아도 그 속에 말하고자 하는 바도 선명해서 재미있게 읽은 시입니다.

이 노래를 듣고 닭을 생각할 줄은 생각 못 했는데 아이들이 닭을 좋아하긴 정말 좋아하는가 봅니다. 하긴 전 세계 맥도날드 매장보다 한국의 치킨집이 더 많다고 하더군요. 이거 닭의 희생을 기리는 국가기념일이라도 만들어야 하는 거 아닌지 모르겠습니다. Ego!

12월 1일

2학년 전다인

방 안은 그 겨울 속에 머물러
난 아직도 그 속에 살아
흔적을 치우면 이미 흐린 기억
평생 지워져 버릴까봐 두려워

아직도 내 계절은
널 잃은 잔인한 겨울인데
오늘 밤은 유난히 추워

있을 때 잘할 걸
후회하면서도
돌이킬 자신은 없는 걸

있잖아 넌 모르겠지만
이렇게 나는 바보처럼
차가웠던 너를 평생
맘에 가두고 살 것 같아

우리 닿을 수 없는 곳에 있어도
야속한 시간이 멱살을 잡고 끌어가도
영영 닿을 수 없는 사이가 되진 않길

근데 겨울이 참 기네
이별은 원래 다 이래?

···

추운 겨울 남자가 먼저 여자에게 헤어지자고 했다. 남자가 먼저 놓아줬지만 여전히 사랑했기에 잊지 못하고 미련이 남아 있다. 그래서 헤어지고 나서 한참이나 시간이 흘러도 남자는 여자를 잊지 못하고 있다. 가까이 가고 싶지만 자신이 없어 멀리서 마음으로나마 곁에 있으려고 한다.

선생님의 시 읽기

이별을 한 풋풋한 청춘이 이 시를 보면 '헉! 내 마음이다!'라며 공감할 만큼 세밀하게 심리를 묘사해서 읽는 재미가 있었습니다. 특히 '우리 닿을 수 없는 곳에 있어도/ 야속한 시간이 멱살을 잡고 끌어가도/ 영영 닿을 수 없는 사이가 되진 않길'이라고 이야기했던 부분은 자신이 선택한 이별임에도 마지막 끈을 놓고 싶어하지 않는 이중적인 사람의 심리를 잘 그리고 있습니다.

뭐, 딱히 제가 예전에 연인과 헤어질 때 했던 생각과 같아서 하는 말은 아닙니다. Ego!

보충수업 4교시. 사진 찍고 시 쓰기

　명색이 시 쓰기 수업인데 교실 안에서만 하면 서운하지요. 그래서 핸드폰을 쥐어주고 과감하게 교실을 벗어나 보았습니다. 우리학교 뒷편에는 산이 있다 보니 이곳저곳에 사진 찍을 만한 공간이 많습니다. 각 반별로 다른 공간으로 불러내어서 그곳에서 수업을 진행했습니다.

　휴대전화를 이용해서 사진을 찍고 그와 관련된 시를 써보았습니다. 이것은 흔히 '디카시'라고 불리는 장르로 독특한 발상이 중요한 시작(詩作) 활동이지요.

　먼저 '디카시'에 대해서 간략하게 설명하고 예시 몇 편을 소개했습니다. 처음에는 '디카시라는 게 뭐냐?' 하는 얼굴로 제 이야기를 듣고 있던 아이들도 예시를 보여주니 금세 느낌을 알아챕니다. 백 번 설명보다 한 번 예시가 낫지요.

　주의할 점을 알려주기도 했습니다. 사물의 전체보다는 부분을 찍거나 많은 것을 담기보다는 작고 협소한 부분에 관심을 기울여야 한다는 것과 무분별하게 사진을 찍기보다는 사물을 보고 어떤 이야기를 할까 고민하면서 정교하게 사진으로 담으라는 것, 그리고 사진과 시가 긴밀하게 연결이 되어야 한다는 것이었지요.

　친구들과 서로 자기가 찍은 사진을 돌려보며 감탄하고 웃고 하는 게 보기 좋았습니다. 정말 진지하게 사물을 탐색하는 친구들도 몇몇 보입니다. 독특한 발상으로 웃음을 유발하는 시를 뚝딱하고 써오는 아이들도 많았습니다. 지금까지 시 쓰기 수업 중 가장 반응이 좋았던 수업이 아닌가 싶습니다. 역시 시의 본질은 놀이이지요.

물론 엄청난 모기떼에 다들 고생하긴 했습니다. 아디다스 모기는 어찌 그리 독한지요. 역시 메이커는 다르네요.

등산 대회

2학년 강민지

지금은 너네가 나보다 더
지금은 너네가 나보다 위
하지만 나중에 나는
아마도 곧 나는
너네가 절대로 닿을 수 없는 곳에

너 뒤에

2학년 김혜지

푸르고 건강한 너 뒤에
칙칙하고 축 쳐져 있는 나
곧게 뻗어져 있는 너를
사람들은 찍는다.
혹여나 내가 나올까 창피해
나는 더 뒤로 간다.

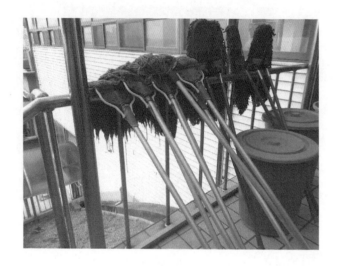

기절

2학년 양솔희

저, 저
하루 종일 저러고 있네,
축 늘어진 걸레마냥.
고마 퍼뜩 일어나라!

끈질김

2학년 남유린

나는 그렇게 살겠다.
몇 번의 좌절에도 불구하고
끝없이 잎을 피우는 나무처럼
또다시 가지를 내는 나무처럼

의리

2학년 김나현

무성한 잎 사이로
하나둘씩 시들어가는 꽃들
그런 꽃들과 하나가 되고 싶은
잎은 덩달아 하나둘씩
자신의 색을 잃어가고 있다

봉숭아

2학년 김은지(5)

화단에 핀 빨간 봉숭아
일 년을 공들여서 꽃 피워났더니
손톱 하나 물들이려 다 꺾여나갔네
화난 듯 붉은 얼굴 하고 있지만
매년 그 자리에 다시 온다네

걸음의 끝은

2학년 박보경

저 멀리 끝이 보이는 길
나는 얼마나 가야
저 끝에 갈 수 있을까?

멈춘 구름

2학년 정민경

바퀴 달린 벤치가 있다
학생도 앉고 선생님도 앉고
스쳐가는 누군가도 앉았으리라
그동안 벤치는
바퀴도 멈추고 그들을 안았으리라

사라질 빛

2학년 정지민

여리여리 생긴 너
모든 빛을 한 몸에 받고 있는 너
그래서 더 빛나는 너
그런데
언젠간 사라져 버릴 이 빛에 너무 의지하지마.
이 빛을 통해
니 스스로 빛날 수 있는 방법을 찾으렴.

보충수업 5교시. 글 읽고 시 쓰기

이번 시간에는 글을 읽고 시를 씁니다. 사실 원래는 각자가 지금까지 읽은 책을 골라 와서 그 내용을 바탕으로 시를 쓰려고 했으나 아이들의 독서량을 믿지도 못하겠고, 그 시간에 책을 안 가져와서 또 화를 내고 있을 제 모습을 생각하니까 도저히 자신이 없어서 그냥 괜찮은 글을 함께 읽고 시를 쓰는 것으로 바꿔서 진행했습니다.

글은 박경철 작가의 <시골의사의 아름다운 동행 2>에서 발췌했습니다. 보통 사람은 경험하지 못하는 특별한 사연을 담은 '나는 진짜 행복합니다.'라는 글인데 이 글을 처음 읽을 때의 먹먹함을 잊지 못해서 선정했습니다.

원래 무언가를 보고 시를 쓰는 건 어렵습니다. 웬만한 감응이 오지 않으면 하기 힘든 일이지요. 아이들도 마찬가지로 어려워했습니다. 무언가 뭉클하게 다가오긴 하지만 어떻게 풀어내야 할지 막막해했습니다. 저 역시 이전에 톨스토이의 <사람은 무엇으로 사는가>를 읽고 나서 시를 써보려 했는데 막상 쓰려니 펜이 탁 막히는 경험을 한 적이 있는지라 시의 표현이나 완성도에 대해서는 별다른 말을 하지 않았습니다. 사실 이번 수업은 좋은 시를 쓰자는 것이라기보다는 이 글을 보고 공감하는 아이들의 모습을 보고 싶었습니다. 결과적으로 아이들의 시를 통해 글에 대해 반응하는 아이들의 다양한 시선을 볼 수 있어 좋은 시간이었습니다.

별 하나

2학년 홍인예

불행은 순식간에 닥친다고
한 순간에
하늘은 검게 물들었다

그중 홀연히 떠 있는
별 하나가 있었다

절망보단 희망을
갖고 살아가는
별 하나가 있었다

선생님의 시 읽기

아주머니의 절망을 검게 물들었다고 표현하는 점, 그리고 그녀의 삶을 별로 표현한 점이 눈에 들어옵니다. 글 속의 이야기를 짧은 시에 잘 녹여냈습니다. Ego!

걸어본다

2학년 임희진

내가 걷던 세상이
한순간에 무너져버려
어찌할지 모르는 막막함

한줄기의 빛을 따라
서서히 걸어보니
눈물을 안고 있는 아이들

조그만 아이들을
혼자 내버려두기에는
가슴에 가시가 박혀

걷기 힘든 길이라도
나는 그 빛을 따라
서서히 걸어본다

선생님의 시 읽기

아들을 잃고 남편은 병이 들어 버린 절망적인 상황에서도 희
망을 잃지 않고 살아가는 아주머니의 삶을 잘 그렸습니다. Ego!

한 끗 차이

2학년 김민주

체육 시간에 한 피구 경기
첫 번째로 공에 맞아 수비하러 가고
수비하다 얼굴을 맞아 밖으로 나오고
보건실을 가다 발에 걸려 넘어졌다
재수가 없는 하루다

체육 시간에 한 피구 경기
가장 먼저 수비에 도움 줄 수 있고
밖에 앉아 열심히인 친구들을 볼 수 있고
뒤에 오던 친구들에게 웃음을 줬다
괜찮은 하루다

선생님의 시 읽기

언뜻 보기에 이야기와 관련이 없어 보이지만 남들은 불행이
라 여기는 삶에서 행복하다고 미소 짓는 아주머니의 삶을 통해
배운 점을 자신의 경험으로 잘 녹여 쓴 시입니다. 재밌게 봤네
요. Ego!

아들아

2학년 이효민

내게 닥친 시련을
삶의 끝이라고 생각 말아라.
니가 나의 인생에
어둠이라 생각 말아라.

니가 어둠이면 어떠냐.
눈을 감으면 온통 너일 텐데

아들아
엄마는 무너지지 않는다. 그러니
미안해하며 울지 말아라.

선생님의 시 읽기

아들에게 주는 편지의 형식으로 쓴 시입니다. 이 시를 아들
이 읽는 걸 상상하니 가슴이 뻐근해지네요. Ego!

삶

2학년 오수경

흘러가는 대로 그냥 흘러가는 대로
보름달이 구름을 따라가듯

인생의 나침반이
내가 원하던 방향이 아니래도

그냥 그렇게
가볍게 살며
완벽하지 않음을 사랑할 것

선생님의 시 읽기

가볍게 사는 것, 완벽하지 않음을 사랑하며 사는 것이 어찌
나 어려운지요. 마지막에 던져준 아주머니의 말씀이 떠오릅니
다. '살아서 천당을 못 만들면 죽어서 천당은 없다.'
아, 저는 천당 가긴 글렀습니다. Ego!

돌팔이 시 수업

교사 이강휘

가진 것이 워낙 변변찮아
뻣뻣한 다포 위에 자그마한 다관 하나 올려두고
— 너희들의 속엣것들로 이걸 다 채우면 목은 축이지 않겠냐.
대강 얼버무리면 아이들은
어린 시절이 지층처럼 묻힌 곳이 그립다며
눈치 보지 않는 덧니처럼 살고 싶다며
찌푸린 친구의 얼굴에 햇살을 뿌렸다며
제 스스로 얘깃거리를 끄집어내어
조그만 주전자에 넘실거릴 만큼의 시를
붓고 또 붓는데, 이때
내가 하는 일이란 오직
시가 가득 찬 다관을 들어
조심스레 찻잔에 붓는 일
맛을 천천히 음미하는 일
그런 다음
차 맛 모르는 이들에게 슬쩍
차 한 잔을 건네는 일

이게 돌팔이 시인이
아이들에게 시를 가르치는 법

부록

수업에 관한 Q&A

Q. 수업은 어떻게 진행했나요?

수업은 국어시간을 이용했습니다. 2학년은 일주일에 총 5시수가 배정되어 있어 시수에 여유가 조금 있는 편이어서 한 시간 정도를 할애해서 시 쓰기 수업을 진행하더라도 진도에 큰 영향을 주지 않았습니다.

각 시간마다 들어가서 이번 시간에 쓸 주제를 공개하고 시쓰기에 도움이 될 만한 내용을 PPT로 만들어 제시했습니다. (내용은 아래에 제시해 놓은 참고문헌을 참고했습니다.) 그리고 전 시간에 학생들이 쓴 시 중 괜찮은 시를 보여주고 함께 읽었습니다. 약 5~7분 정도를 소요합니다. 설명이 끝나면 온전히 시를 쓸 수 있는 시간을 제공하고 교실을 어슬렁거리면서 학생들 시 쓰는 걸 곁눈질로 구경하기도 하고 힘들어하는 학생을 돕기도 합니다. 교실에 스피커 장비가 잘되어 있다면 잔잔한 음악을 깔아주는 것도 분위기 형성에 좋습니다.

마치기 5분 전부터 검사를 시작합니다. 열심히 썼는지를 확인하고 기록해 둡니다.

Q. 학생들의 시는 어떻게 기록하나요?

학기 초에 학생들에게 '시 쓰기 시작노트'를 제작해 배부했습니다. 매 수업시간에 제시되는 주제와 관련된 질문을 제시하고 시와 이야기를 쓰는 공간을 마련한 노트입니다. 학생들은 수업시간에 시를 쓰면서 그 공간을 채웁니다.

수업이 마치면 노트에 쓴 시를 워드 프로세서 프로그램으로 입력하여 인터넷 카페에 올립니다. 학생별로 폴더를 만들어두고 그 공간에 차곡차곡 파일을 업로드시켜 파일을 모았습니다. 그래야 학기말에 시집을 편집할 수 있기 때문에 워드 작업을 마친 파일을 모아두는 것이 중요합니다.

Q. 모든 학생의 시집을 교사 혼자 편집하나요?

교사 혼자서 모든 학생 개개인의 시집을 편집할 수 없습니다. 학기 초에 워드 프로세서를 다루는데 무리가 없는 학생들을 학급별로 4명을 뽑아 '시집출판 도우미'로 선정했습니다. 이 도우미들이 학생들의 시 창작을 돕기도 하고 시를 쓰지 않고 게으름을 피우는 아이들을 독려하기도 합니다.

프로젝트가 끝나고 모든 시들이 모이면 도우미들을 모아 교사가 미리 편집해 둔 예시본을 보여주고 편집하는 방법을 알려줍니다. 예시본과 똑같은 형식으로 도우미들이 편집할 수 있도록 말이지요. 그리고 도우미들이 완성한 초안을 인터넷 카페에 올리고 학생들 각자 자신의 시집의 편집상태를 확인하라고 합니다. 그러면 오류를 최소화할 수 있습니다. 교사가 다 확인할 수도 있지만 어휴, 저는 그 정도로 부지런하지 못해서 이걸 다

확인하다가는 지치고 말겠다는 생각이 들었습니다. 그래서 아이들 각자에게 맡겼는데 결과적으로 큰 오류 없이 시집이 발간되었습니다.

Q. 평가는 어떻게 하나요?

평가는 총 3단계로 나누어 수행평가로 진행했습니다. 첫째로는 수업시간 충실도로 수업시간에 제대로 시를 쓰는가를 평가합니다. 수업시간 5분 전에 학생들의 시작노트를 보고 점수를 부여합니다. 시의 질을 평가하지는 않습니다. 오직 수업시간에 시를 쓰려고 노력했는지의 여부만을 평가합니다. 따라서 수업시간에 미처 시를 다 쓰지 못했다하더라도 노력의 흔적이 보이면 점수로 인정합니다.

두 번째로 카페에 과제를 시간에 맞춰 제대로 올렸는지를 평가합니다. 개인시집이 나오기 위해서는 워드 프로세서 작업으로 완성된 작품을 모아두어야 하기 때문에 이 평가영역은 필수적으로 필요합니다. 과제는 수업이 진행된 그 주 주말까지 시간을 줍니다. 그러면 수업시간에 채 완성하지 못했다 할지라도 과제를 올리기 위해서라도 완성시키려 노력합니다.

세 번째로는 시의 완성도를 평가합니다. 학기 말에 자신이 쓴 시 중 가장 좋았던 시를 출력해서 제출하게 합니다. 이건 어디까지나 시를 성의 있게 썼는지, 아니면 대강 썼는지를 평가하는 것이기 때문에 A, B, C 총 3단계의 점수로 나누고 정말 잘 썼으면 A, 성의 있게 열심히 썼다고 생각이 되면 B, 대강 썼다고 생각이 되면 C를 주되 단계별로 점수 간격을 많이 두

지 않아야 합니다. 특히 A와 B 사이의 점수는 1~2점 정도로 적게 두어야 아이들이 포기하지 않습니다.

전체적으로 시의 질보다는 수업시간에 잘 참여하고 과제를 잘 제출하기만 하면 높은 점수를 얻을 수 있는 형식으로 평가를 설계해야 합니다. 그래야 1년이라는 긴 흐름으로 아이들을 끌어갈 수 있습니다.

Q. 내용 첨삭은 어떻게 하나요?

수업시간 내에 시를 써오는 학생들의 시는 그 자리에서 읽고 첨삭합니다. 하지만 검사만 하기에도 시간이 모자라기 때문에 대부분은 인터넷에 올려놓은 파일을 보고 인터넷 카페의 댓글로 첨삭합니다.

첨삭을 많이 하지는 않습니다. 교사가 자신의 시를 난도질한 걸 보면 아이들은 자신감을 잃어버리게 됩니다. 사실 자신이 쓴 글을 남에게 평가받는 일은 상당히 긴장되는 일입니다. 그렇기 때문에 최대한 기를 살려주고 잘 썼다는 평가를 해주어 용기를 심어주는 일이 중요합니다. 잘 쓴 시를 보면 '특히 이 부분이 참 좋았다'라는 식의 구체적인 칭찬이 아이들에게 힘을 줍니다. 대부분의 아이들에게는 칭찬을 하려고 노력했었습니다. 다만 아래에 제시한 두 부분만은 꼭 첨삭해서 수정을 요구했었습니다.

첫 번째, 산문 형식으로 쓴 시입니다. 시에 익숙하지 않은 아이들은 자신의 경험으로 최대한 구체적으로 쓰라는 설명을 듣고 산문 형식으로 쓰는 일이 많은데요. 그런 경우 대부분 시 한 편에 너무 많은 이야기가 담겨 있는 경우가 태반입니다. 그럴 때는 너무 긴 이야기를 쓰려고 하지 말고 '장면을 포착하라.'라는 말을 던져줍니다. 만약 야간자율학습시간이라는 소재로 시를 쓸 경우, 야간자율학습시간에 있었던 일을 나열하지 말고 가장 중점적인 장면을 포착하거나 가장 많이 생각하는 한두 가지의 생각만 쓰려고 하라고 하는 거지요. 그러면 아이들의 시가 조금씩 운문의 느낌이 나게 됩니다.

두 번째, 누구나 할 수 있는 얘기를 누구나 할 수 있는 형식으로 쓴 경우입니다. 쉽게 말하면 성의 없이 쓴 시이지요. 물론 주제에 따라 관련된 경험이나 생각해본 일이 없어 진부한 시를 쓸 수도 있습니다. 그때는 어쩔 수 없는 일이니 이런 경우는 크게 문제가 되지 않습니다. 하지만 문제는 주제가 바뀌어도 이런 시를 반복해서 쓰는 아이들입니다. 그런 아이들을 보면 일단 화(!)가 납니다만 화를 잘 다스리고 다음 수업시간에 유심히 본 후 이야기를 걸어봅니다. 어떤 걸 쓰려고 하는지, 주제와 관련된 경험은 어떤 걸 했는지 물어봅니다. 막상 이야기를 해보면 이 아이들이 불성실하다기보다는, 관련된 경험이 분명히 있는데 본인 생각은 너무 사소한 경험이라 '이걸로는 시를 쓸 수 없겠지.'라며 자신의 소중한 소재거리를 버리고 누구나 생각할 수 있는 소재와 표현으로 진부한 글을 쓰게 되는 경우가 많습니다. 이런 학생의 경우 다른 친구들의 예를 소개하기도 하고 수업시간에 말을 걸어보는 등의 관심을 보여주는 것만으로도 충분히 좋아질 수 있습니다.

마지막으로 당부드릴 말은 첨삭에 너무 집착하지 않아야 한다는 겁니다. 교사가 학생의 시에 너무 많은 첨삭을 하는 순간 아이들은 교사의 눈치를 보게 됩니다. 그러면 자연스러운 시가 나오기 어렵겠지요. 게다가 첨삭 위주로 과제를 보고 있노라면 교사도 지쳐버립니다. 1년간 20여 편의 시를 씁니다. 그러면서 다른 친구들의 시를 보기도 하고 시인들의 시를 보기도 합니다. 그리고 자신의 시를 점검하기도 하지요. 과제 검사, 첨삭도 중요하지만 교사의 간섭이 없더라도 아이들은 자연스럽게 성장한다는 믿음이 가장 우선이 되어야 할 것입니다. 그러면 조금 너그러운 마음으로 학생의 시를 대할 수 있게 됩니다.

Q. 모든 학생들이 제 시간에 시를 올리나요?

모든 학생들이 교사의 마음과 같지는 않습니다. 거의 대부분의 학생들은 잘 따라오지만 늦게 올리는 아이들도 있고 아예 포기해버리는 아이들도 있습니다. 그렇지만 거기에 교사가 왜 과제를 하지 않느냐고 닦달하면 자연스러운 글쓰기를 이끌어내는 시 쓰기 프로젝트의 취지에 맞지 않게 됩니다. 아이들이 써온 시를 칭찬해주고 조금씩 관심을 보여주면 많은 아이들이 따라옵니다.

여기에서 도우미들의 역할이 중요합니다. 도우미들이 친구들에게 시를 쓰라고 독려하면 자기네의 친구가 하는 말이라 교사가 말하는 것보다 더 큰 압력으로 다가오는 것 같습니다. 실제로 마지막 시집편집 작업할 때 지금까지 한 번도 올리지 않다가 도우미가 '내가 책임지고 편집해서 네 시집을 출간하게 해줄 테니 너는 올리기만 해라.'라는 말을 듣고 뒤늦게 밤을 새워서 과제를 올린 학생들도 몇몇 있었습니다.

Q. 교사가 시 쓰기에 자신이 없는데 아이들이 시를 쓰게 할 수 있을까요?

프로스포츠 선수 중에는 스타선수들이 있습니다. 그들이 나중에 코치가 되었을 때 성공하는 확률은 그다지 높지 않다고 하더군요. 월드컵에서 우리나라에 4강 신화를 선물한 히딩크 감독도 선수시절에는 그다지 두각을 나타낸 선수가 아니었다고 하지요. 시 쓰기 수업도 마찬가지라고 생각합니다. 굳이 시인이 아니라고 하더라도 국어교사라면 일반인보다는 훨씬 많은 시를 봐왔기 때문에 학생들이 써온 시를 볼 줄 아는 안목이 분명히 있습니다. 국어교육 전문가로서의 자신감이 필요합니다.

그렇지만 학생들이 더 좋은 시를 쓰게 하고 싶은 욕심이 있으신 선생님들은 다음의 책을 참고하셔도 좋겠습니다.

1. 창비 청소년 시집 시리즈

: 시인들이 청소년들을 위해 쓴 시들을 모아 시집으로 출간한 시집들입니다. 아이들이 재미있게 읽을 수 있으면서도 어떻게 시를 쓰면 되는지 좋은 예시자료가 될 수 있습니다. 작가를 가리고 학생들에게 보여주면 아이들은 학생들이 쓴 시인 줄 알고 자신감을 가지게 되는데 이때 작가를 딱 보여주면서 '이게 사실 시인들이 쓴 시란다.'라며 시인 이름을 보여주면 '시인들의 시가 저 정도면 나도 쓸 수 있겠다.'라는 자신감을 갖게 됩니다. 박성우 시인의 '난 빨강(창비)', 조재도 시인의 '자물쇠가 철컥 열리는 순간(창비)'과 같은 시집은 아이들의 마음을 잘 녹여낸 시들이 많아 학생들에게 예시로 제시하기 좋습니다.

2. 이오덕 선생님의 책

: 우리나라 글쓰기 교육의 한 획을 그으신 이오덕 선생님의 책에 많은 도움을 받았습니다. '이오덕의 글쓰기(양철북)', '글쓰기, 이 좋은 공부(양철북)'는 비록 초등학교 학생들의 시를 모아놓은 책이지만 이오덕 선생님의 글쓰기 철학을 엿볼 수 있어 글쓰기 교육을 하는 교사라면 읽을 만합니다. 특히 '빛나는 말'이라는 용어가 깊은 울림을 줍니다. 시 쓰기 교육을 할 때 주의할 점, 글을 쓸 때 유의점 등이 제시되어 있어 그대로 인용하여 학생들에게 안내하기에도 적합합니다.

3. 국어시간에 뭐하니?(구자행, 양철북)

: 교직기간 동안 시 쓰기 교육에 열중해 오신 구자행 선생님의 교육 수기이자 글쓰기 교육 교본이랄 수 있는 책입니다. 고등학교 학생들의 살아있는 글이 많이 담겨 학생들에게 예시자료로 적절하게 보여주기에 적합합니다. 책을 읽어보면 아시겠지만 구자행 선생님 역시 이오덕 선생님의 영향을 많이 받은 것으로 보입니다. 솔직하고 구체적인 이야기가 감동과 공감을 줄 수 있다는 내용을 학생들에게 제시할 때 참고하기 적합한 책입니다.

4. 시 창작 강의 노트(유종화, 당그래)

: 여러 시인들이 자신의 시 창작법을 강의한 내용을 묶어 놓은 좋은 책입니다. 시 창작에 대한 전반적인 내용을 알고 싶다

면 추천할 만합니다. 다른 부분보다도 첫 번째 꼭지로 실린 '한국 글쓰기 연구회'의 글이 도움이 많이 되었습니다. 시를 쓸 때 어떤 점을 유의해야 하는지 어떤 것을 고려해야 하는지에 대한 구체적인 내용이 아이들의 시를 예시로 들어 상세하게 소개하는 부분이라 수업에 직접적으로 도움이 됩니다.

5. 소통과 힐링의 시창작교실(이인환, 출판이안)

: 할머니, 직장인 등 일반인을 대상으로 시창작 강의를 하는 작가가 자신의 수업 내용을 담은 책입니다. 일반인들의 진심을 담은 시가 많아서 학생들도 공감할 만한 예시를 쉽게 찾을 수 있지요. 또한 학생들이 시 쓰기를 하면서 가질 수 있는 의구심, 혹은 교사가 시 쓰기 수업을 하면서 가질 수 있는 질문에 대한 답이 다수 실려 있어 1년이라는 긴 흐름으로 수업을 이끌어나갈 때 지치지 않는 힘을 얻을 수 있습니다.

6. 시 창작을 위한 레시피(박현수, 울력)

: 시 창작을 음식을 만드는 레시피 형식으로 제시한 글입니다. 형식은 재미있지만 전문 작가를 꿈꾸는 사람들을 대상으로 한 책이기에 쉽게 다가오는 책은 아닙니다. 하지만 패러디시 창작법이라든지 마지막 구절에 들어갈 적절한 표현을 궁리하게 이끄는 저자의 방식을 참고하면 수업 진행에 대한 힌트를 얻을 수 있습니다.

이강휘

아이들이 쉬이 범접할 수 없는 오로라를 가진 채 아이들의 든든한 그림자로 살고자 하는 역설적이고 허무맹랑한 꿈을 가지고 사는 국어교사. 오늘도 매점을 가기 위해 등교하는 듯한 아이들을 보며 우리 말도 나중에 저렇게 될 거라는 절망에 빠져 있는 초보 아빠. 시집 출간을 마음의 짐처럼 품고 있으나 쉽사리 제 시를 남들에게 보이고 싶어하지 않는 무명 시인.
2014년『문학청춘』에 등단하였고 현재 마산무학여자고등학교 교사로 일하고 있다. 저서로는『국어는 훈련이다』가 있다.

에고, Ego!
詩 쓰 기
프 로 젝 트

초판발행 2018년 5월 4일
초판 2쇄 2020년 2월 10일

지은이 이강휘
펴낸이 채종준
펴낸곳 한국학술정보(주)
주소 경기도 파주시 회동길 230 (문발동)
전화 031 908 3181(대표)
팩스 031 908 3189
홈페이지 http://ebook.kstudy.com
E-mail 출판사업부 publish@kstudy.com
등록 제일산-115호(2000. 6. 19.)

ISBN 978-89-268-8392-1 03810